ベリーズ文庫

虐げられ令嬢が死亡フラグ回避しようとしたら冷徹王太子の最愛花嫁になりました
～ループは溺愛の証でした～

小蔦あおい

STARTS
スターツ出版株式会社

目次

虐げられ令嬢が死亡フラグ回避しようとしたら冷徹王太子の最愛花嫁になりました
～ループは溺愛の証でした～

不遇な公爵令嬢
シシィナ
王国では珍しい
ストロベリーブロンドが
特徴的な少女。
幼少期に亡き母から教わった
魔法が少しだけ使える。
弟想いで前向きな
がんばり屋さん。
クールな王太子
ルディウス
ハルベイン王国の第一王子。
王国で唯一『魔法伯』という
特別な称号を持つ
最強の魔法使い。
魔法薬学にも熱心。
基本温厚だが、
なぜかシシィナにだけは
そっけない。
白猫の姿をした聖獣
アニス
ルディウスと
契約を交わしている聖獣。
シシィナの作ってくれた
ビーズ織りの首輪が
お気に入り。

虐げられ令嬢が死亡フラグ回避しようとしたら冷徹王太子の最愛花嫁になりました

～ループは溺愛の証でした～

Character Introduction

シシィナの周りの人たち

ナイルズ

シシィナに
異様な執着心を抱く
クロストン家の伯爵。
世間的な評判はいいが、
シシィナを死に追いやる元凶。

エドモンド

シシィナの実の弟。
もともと体が弱く
部屋にこもりがちだったが、
一年ほど前から謎の病に罹り、
病状が悪化し続けている。

シャルマ侯爵

シシィナの父の旧友で
王立マリー・ベル植物園の
園長兼薬学研究者。
シシィナに働き先を紹介するなど
手助けをしてくれる。

クロエ

昔から公爵家に仕えている侍女。
シシィナとエドモンドが
屋敷内で敬遠されるなか、
献身的に身のまわりの
世話をしてくれている。

虐げられ令嬢が死亡フラグ回避しようとしたら
冷徹王太子の最愛花嫁になりました
～ループは溺愛の証でした～

◇プロローグ

とある屋敷の一室で、青年が怒髪天をつく勢いで少女へじりじりと近づいていた。

「どこへ逃げようとしていたんだい？　シシィは僕の最高級のコレクションなのに」

狂気をはらんだ瞳、大層不愉快そうにゆがめられた口もと。青年はこの上なく機嫌が悪い。

青年の手が伸びてきて、シシィことシシィナ・モンクレイフは恐怖からびくりと体を揺らした。

サファイアのような青色の大きな瞳は涙目になっていて、今にも涙がこぼれ落ちそうだ。

シシィナは首をすくめて震えながらも声を発した。

「ち、違うんです、ナイルズ様。私は逃げようとしたわけじゃなっ……」

言葉をつむぎ終える前にパンッと乾いた音が室内に響き、右頬に痛みが走る。

続いてストロベリーブロンドの前髪を乱暴に掴《つか》まれ、シシィナはそのままナイルズのもとへと引き寄せられた。

「言い訳なんてどうでもいいんだ。僕を悲しませた、という点にのみ問題があるんだよ。……シシィは悪い子だね」

ナイルズはわざとらしくため息をついた。前髪を握る手にはさらに力が込められて、とうとうシシィナの瞳からは涙がこぼれ落ちる。

「どうして泣いてるの？　泣きたいのは僕の方さ。コレクションのひとつとして大切にしてあげているのに、使用人をたぶらかして逃げようとするんだから」

前髪をきつく掴まれているせいで首を横に振りたくとも動かせない。

シシィナは決して逃げ出したわけではないと反論したかった。

結婚して三カ月。一度もこの部屋から出してもらえないのを不憫に思った従僕が、たまには新鮮な空気を吸うべきだと外へ連れ出してくれただけだ。

それがナイルズに見つかってシシィナは折檻《せっかん》されている。

これまでも、事あるごとに機嫌を損ねてしまったため体は痣だらけだった。

「……モンクレイフ公爵家の出なのにとんだ売女《ばいた》だ」

「あっ」

前髪を掴む手をぱっと振りほどかれた拍子に、シシィナは床へと倒れ込む。受け身を十分に取れなかったせいで全身に痛みが走った。

「ねえ、シシィ。あくまでも君は僕のものなんだよ。許可なくなにかしようなんて考えるんじゃない。素直に話を聞いて、僕だけに尽くしていればいい。ただそれだけなのに、どうしてこんな簡単なことができないのかな？」

ナイルズは馬乗りになると、シシィナの白くてか細い首に手を掛ける。

「僕の苦しみや悲しみが君に伝わればいいのに」

「う、ぐぅっ……」

首に掛けられた両手に力がこもり、肺に酸素が届かない。

（いやだ、やめて！　くるし、い……）

じたばたと抵抗しても、か弱いシシィナの力では男であるナイルズにはかなわない。

脳が痺《しび》れて意識が遠のいていく中、不意に視線を感じて窓の外を見た。

木の枝になにかが佇んでいる。涙のせいで、それが動物だとわかっても詳細は判然としない。

わかるのは、美しいすみれ色の双眸《そうぼう》が宝石のように輝きながらじっとこちらを見つめていることだけだった。

「……っ‼」

ベッドで目を覚ましたシシィナは飛び起きた。

全身にどっと冷や汗をかき、肩で息を繰り返す。

閉めきったカーテンの隙間からほのかに光が差し込んでいる。暗闇に慣れた目で時計を確認すると、まだ夜半頃だった。

悪夢を見たシシィナは、汗で頬にくっついた髪を指で払う。

（……あれはなんだったの？　ナイルズ・クロストン伯爵という人物は存在するけど、私は直接会って言葉を交わしたことは一度もないわ）

夢にしては妙にリアルだったが、関わりのない相手を最低男として登場させてしまったのはいかがなものか。シシィナはうしろめたい気持ちになる。

「ミャウ」

「ひゃっ！」

突然、猫の鳴き声がしてシシィナは小さな悲鳴をあげた。

横たわっている足もとに、気づけば一匹の猫が尻尾を揺らしながら佇んでいる。

暗がりでもわかる真っ白な長い毛の猫だった。

白猫は甘えるようにシシィナに擦り寄ってくると、喉をゴロゴロと鳴らす。長い毛並みはさらさらとしているが、手で触れてみると質感としては顔をうずめたくなるようなふわふわな感触だった。

シシィナはサイドテーブルに置いてあるランプに手をかざして、オレンジ色の明かりをともす。

「素敵な毛並みの白猫さん。あなたはどこから入り込んだの？」

「ニャウン」

首輪がないので野良猫だろうか。それにしては毛並みが整っているし、どことなく気品が感じられる。

「ここに来てもなにもないわ。本邸に行けば、誰かがミルクをくれるかもしれないけど。あいにく別邸には食べるものがないの」

シシィナは白猫を抱き上げてくたびれたベッドを降り、バルコニーにつながる両開きのはき出し窓を開けた。

夜風のひんやりとした空気が、シシィナの長いストロベリーブロンドの髪を揺らす。先ほどの悪夢で全身冷や汗をかいたせいもあって肌寒い。しかし、白猫の温もりのおかげでシシィナはさほど困らなかった。

バルコニーに出ると、雲ひとつない濃紺の空に煌々と輝く月が浮かんでいる。それを眺めていたら抱いている白猫が身じろぐので、腕の力を緩めてやった。

白猫はひょいっと欄干に飛び乗り、前足をなめてから顔を拭く。降り注ぐ月明かりに照らされた白い毛並みは、黄金をまとっているようで神秘的だ。

シシィナはそこで初めて、白猫の瞳の色をはっきりと認識した。

「あら、変わった瞳の色をしているのね。まるで宝石みたいなすみれ色……」

口にした途端、シシィナは目を見張った。白猫の瞳が妖しくも美しく輝いたように見えたのだ。同時に、たくさんの記憶が頭の中に洪水のようにどっと押し寄せてくる。

「……ううっ‼」

目眩《めまい》を覚えて欄干に手をつくと、サーッと音を立てるように全身が粟立つ。

（私はこの瞳を以前も見ている。この瞳を知っている！）

それはクロストン伯爵――ナイルズに殺されて息を引き取る瞬間。遠のく意識の中で窓の外からこちらを見つめていた、あの瞳だ。

「さっき見ていたのは夢だけど夢じゃない。あれは――私が送った八度目の人生だったんだわ」

ようやく目眩が落ち着いて顔を上げる。すると白猫は忽然と姿を消していた。

あの白猫はいつもシシィナが死ぬ直前に現れ、人生がループした日――悪夢で飛び起きた日に必ず現れる。

「どうしてあの瞳を見れば、人生が繰り返されているのを思い出すのかしら?」

首をかしげながら疑問を口にする。

ともかく、これが九度目の人生だとシシィナははっきりと理解すると同時に、今度こそ死にたくないと強く願うのだった。

◇第一章　はじまりの宮殿舞踏会

ハルベイン王国の王都・エルメノにはモンクレイフ公爵家の広大な敷地がある。大通りに面したそこには、ふたつの屋敷と四季を感じられる庭園があった。

正門から真っすぐ延びた道の先に本邸と呼ばれる屋敷があり、裏手の北西の隅には別邸と呼ばれる古めかしい屋敷が佇む。使用人は敷地に比例して多く雇われ、今日も朝早くから働いている。

数人一組になった彼らが魔法のかかった掃除道具を活用してかいがいしく働く中、お仕着せの制服とは少し違った服装の少女がひとりで客間の掃除を行っていた。

「シシィナ！　いつまで掃除に時間をかけるつもり？　ぼうっとしてないでさっさと終わらせなさい。さもないと昼食は抜きにするわよ‼」

「申し訳ございません、お義母様。すぐに終わらせますから」

叱責されたシシィナは平謝りに謝る。

「まったくノロマな子ね！　少しでも手際がよくなるよう魔法道具なしで働かせてあげているっていうのに。全然成長しないわ」

義母であるハンナ夫人が忌々しそうに表情をゆがませている。すると開けっぱなしの入口からくすくすと笑いながら義妹のセシリアが部屋の中に入ってきた。

茶色の巻き毛にくりくりとした空色の瞳。陶器のようになめらかな白い肌。小花柄がプリントされた薄桃色のドレスの裾にはフリルがたっぷり使われていて、腰についている赤色のリボンがアクセントとなり、彼女のウエストラインの美しさを引き立てている。

容姿が整っているので一見美少女だが、その性格はハンナ夫人と同じで意地悪だ。

「あら、お母様に頼まれた仕事がひとつもできないなんて。お義姉様ったらグズね」

かわいらしい透き通るような声で平然と罵倒してくる。

セシリアにとって要領の悪い人間は唾棄《だき》すべき存在のようだ。シシィナに対して嫌悪感をあらわにした後、彼女はハンナ夫人に向き直った。

「お母様は先に居間へ向かってて。私がお義姉様の指導をするから」

「まあ、セシリアはこのグズと違って本当にいい子ね。あなたの好きなお茶の準備をして待ってるわ」

猫なで声のハンナ夫人は人さし指でセシリアの頬をつついて、客間から出ていった。

残されたセシリアは、腰に手をあてると目を細める。

「お義姉様、私がなにをしてほしいのかもうわかってるわよね？」

「……手紙の代筆よね。心得ているわ」

セシリアはひっきりなしにくるお茶会やサロンの招待状へ都度返事を書かねばならず、あまりの量にわずらわしさを感じて頭を悩ませている。そのため、ハンナ夫人に隠れてシシィナに手紙の代筆を依頼するのだ。

「話が早くて助かるわ。手紙はいつものように書斎の本棚に隠してあるから取りに行って。そこにあるものは全部、今日中に仕上げてよね」

「ええ任せて。あとこの間頼まれた分はすでに書き終えて書斎の引き出しに隠してあるわ。内容の確認をしてくれる？」

「あら、気がきくじゃない。早速取りに行こうかしら」

セシリアが踵を巡らして歩き出そうとするので、シシィナは慌てて呼び止めた。

「待って。……それでねセシリア」

指をもじもじさせながらつぶやくと、セシリアがうっとうしそうに眉をひそめた。

やがて思い出したように手を合わせる。

「ああ、そうだった。対価が欲しいんだったわよね。さあ、受け取ってお義姉様」

セシリアはスカートのポケットから銀貨を一枚取り出し、シシィナに向かって放り投げた。

弧を描く銀貨が床の上で跳ね、明後日の方向へと転がっていく。見失わないようシシィナは必死に目で追うと、床の上で這いつくばるようにして手で押さえる。

「あははっ。お義姉様ったらその格好も相まって、まるで路地裏にいる物乞いみたい！　とっても滑稽だわ！　それじゃあ仕事はきっちり遂行してよね」

愉悦の表情を浮かべるセシリアは今度こそ客間から出ていった。

シシィナは手を広げて、鈍く光る銀貨をしげしげと眺める。

（よかった。これと今ある銀貨を合わせればエドモンドの薬が買える）

片膝をついてゆっくりと立ち上がる。続いて銀貨を胸ポケットにしまい、スカートのしわを伸ばした。

罵声を浴びせられて悲しさと悔しさが綯《な》い交ぜになった感情が込み上げてくるが、気づかないふりをした。

どうしたって薬を買うお金が必要で、反論すれば銀貨がもらえなくなってしまうからだ。

（だけど、路地裏の物乞いっていう表現はあんまりだわ。……たしかに暖炉の掃除をしていたから煤《すす》だらけではあるけど）

うまい表現をしたものだと内心で感心する。

シシィナは客間にあった姿見に近づき、自分の姿を改めて確認した。

この国では珍しい母親譲りのストロベリーブロンドの髪は掃除のしやすいよう、高い位置でまとまっている。幼い頃、両親に褒められたこの髪も今ではきしんでいて、体つきは華奢というよりも細すぎて頼りない。さらに煤がついた質素な灰色のドレスにエプロン姿とあっては、セシリアと同じ公爵令嬢には見えなかった。

しかし、シシィナもれっきとしたモンクレイフ公爵家の令嬢である。

これまでもハンナ夫人とセシリアから陰湿ないじめを受けはした。面と向かってひどい扱いを受けるようになったのは、四年前に父・ヨゼフが急死してからだった。

ハンナ夫人は、六年前に母が病に倒れて急逝した翌年に父が迎えた後妻だ。シシィナにはひとつ下の実弟・エドモンドと、ふたつ年下の義妹・セシリアがいる。

エドモンドはもともと体が弱く部屋にこもりがちだったが、一年ほど前から謎の病に罹り、熱と発作を繰り返すようになってしまった。そのせいでハンナ夫人からは原因不明の病――奇病だと煙たがられ、看病していたシシィナも含めて別邸に追いやられた。

エドモンドが病気だというのに食事は粗末で、暖炉にくべる薪の量も少ない。ブランケットだって使用人が使うものより質が悪い。

働けば対価として食事一品が追加されるので、シシィナはエドモンドに滋養のあるものを食べさせるため、朝早くから使用人に交じって本邸の掃除をしている。

だが、そこでもハンナ夫人とセシリアは嫌がらせをしてくる。

使用人は魔法がかかった掃除道具を使って仕事をすることが許されているのに、シシィナには禁止している。

ハルベイン王国は魔法石の産出国だ。魔法使いのように自由自在に魔法が使えない一般人であっても、魔法石が込められた魔法道具を用いれば誰でも活用ができる。

しかし、ハンナ夫人とセシリアはシシィナが魔法道具を使うのをよしとしなかった。

自在に魔法が使えたらどれだけ便利だろうとシシィナは思う。亡き母は魔力を持っていた。それは娘であるシシィナにも受け継がれていて、幼い頃に母からまじない魔法をこっそり教えてもらった。

だが虐げられる日々の中で、その魔法を繰り出す機会は一度もない。道具が使えないぶんシシィナの作業時間は通常より倍かかり、おかげで白魚のようだった手は荒れ放題になっている。

それでもエドモンドを思うと働くのをやめるわけにはいかない。

ハンナ夫人は一度だけエドモンドを医者に診せてくれたが、それっきりだった。薬は定期的に執事から渡されるが、どうみても低品質で本当に効くかどうか怪しい。

シシィナが何度も腕ききの医者に診せるよう訴えたが、ハンナ夫人は『治らないのは奇病のせい』と一蹴して取り合ってくれなかった。

公爵が亡くなってからはエドモンドが成人するまでの間、ハンナ夫人が公爵代理としての権限を握っている。使用人のほとんどを入れ替えられてしまったため、屋敷内は彼女の息のかかった使用人ばかりとなり、シシィナとエドモンドの味方をする人間はほぼいなくなった。

現に今もひどい扱いを受けていたというのに、廊下を行き交う使用人たちはシシィナを空気のように扱っていて、こちらを見ないようにしている。

(中には気遣わしげな視線を送ってくる人もいるけど、結局助けてはくれない。そうよね、ひどい目に遭うのはごめんよね)

小さなため息をつくシシィナは、客間の掃除を終わらせて掃除道具を片づける。それから手紙の束を回収しに書斎へ移動した。

書斎は本邸の二階にあって、ハンナ夫人やセシリアの寝室の手前に位置する。

代筆がハンナ夫人に知られないよう、手紙の束を回収するには今が一番都合がいい。

シシィナが長い廊下を歩き、階段の手すりに手をのせて一段目に足をかけたとき、執事に呼び止められた。

「奥様がお呼びです。至急、居間へいらしてください」

その言葉を聞いてシシィナはハッと息をのむ。

「やっぱり。この日に戻ってきているのね……」

シシィナが確信めいた表情でぽつりと呟いて、執事が怪訝そうに首をかしげた。

「はい？」

「いえ、なんでも……すぐ行くわ」

これからどういう展開になるのか、シシィナにはおおよその見当がついている。

執事に連れられて居間へ足を踏み入れると、深緑色のソファに腰を下ろすハンナ夫人が興奮気味に手紙に目を通していた。

「お義母様、なにかご用でしょうか？」

かしこまって尋ねれば、ハンナ夫人が手紙から顔を上げた。

「ああ、聞いてちょうだい。来週ナディア側妃の誕生日を祝う舞踏会が宮殿で開かれるそうなの。たった今、招待状が届いたわ」

ナディア側妃は現国王陛下の妃で、正妃同様に寵愛を得ている。

「それは大変光栄ですね。宮殿舞踏会はとてもきらびやかで素晴らしい場所だと聞いたことがあります！」

シシィナは手を合わせて、わざと夢見心地な表情をつくってみせる。

するとハンナ夫人はニィッと口端を吊り上げた。

「宮殿舞踏会は、女としてひとつの憧れだものね。きっと運命的な出会いもあるわ」

「運命的な出会いですか？　とても素敵な響きですね」

「ええ、本当に。……だけどこの招待状が届いたところで、おまえが参加できるなんて思わないことね。己の身のほどをわきまえなさい」

ハンナ夫人がわざわざ呼びつけたのは、宮殿に憧れを持っているであろうシシィナに招待状が届いたと自慢して連れていかないと宣言するためだ。わざと期待させておいてから裏切って、崖から突き落とすように感情をもてあそぶのだ。

現に、執事に出席者を二名にして返事をするようにと言いつけているはずだ。

抜け目ない嫌がらせに、かえって脱帽する。

「……わかりました。どうぞおふたりで楽しんできてください」

シシィナはしゅんと肩を落としてうつむく。もちろんこれは演技だ。

これが一度目の人生だったなら本当に傷ついていただろう。しかし、何度も人生を繰り返しているシシィナはこれっぽっちも残念だと思わなかった。

（これまでの経験上、舞踏会にはナイルズ様が必ずいる。否が応でも目をつけられるわ。そうなると半年後に婚約を持ちかけられて、さらにその半年後には結婚させられてしまう。なんとしても欠席しなくちゃいけない）

これまでの人生でもハンナ夫人に呼びつけられ、宮殿舞踏会には参加させないと毎回宣言されてきた。それなのに最終的に参加する羽目になるのは、そばにセシリアがいたからだ。なぜかそのときに限ってセシリアがシシィナの同行をせがみ、娘に甘いハンナ夫人が了承するのだ。

理由は彼女が想いを寄せている相手、第一王子のルディウス・ハルベインに自分の魅力をしっかりと伝えるためだ。毎回、引き立て役としてシシィナは駆り出される。

これまでの人生で何度も宮殿舞踏会を欠席するよう努めてきたが、どれも失敗してばかりだった。

したがって今回は最初からセシリアを居合わせないようにするため、たまっていた手紙の代筆を前もって終わらせることで先手を打ったのだ。

掃除中にぼうっとしてしまったのは、明け方まで一睡もせずに手紙の代筆をして寝不足だからだ。掃除が遅いとハンナ夫人に叱責されはしたが、首尾よく計画が進みそうなのでシシィナは愁眉《しゅうび》を開いた。

（セシリアがいなければ私が同行する流れにはならない。舞踏会への参加人数を知らせる返事もすぐに出されるから、今回はうまくいきそうだわ）

あとはこのまま逃げきるだけだ。

「エドモンドの看病もありますので失礼させていただきます。舞踏会、楽しんできてください」

愁然とした態度で退出しようとしたら、ちょうどセシリアが居間に入ってきた。

「私抜きでなんのお話をしていたの？」

「あら、セシリア。あなたこそ遅いと思ったらなにをしていたの？」

「髪飾りがドレスと合わない気がしたから取り替えていたの」

セシリアは代筆がバレないよう適当なアリバイをつくってやって来たようだ。先ほどまで造花だった髪飾りが、銀細工で作られた蝶に変わっている。

「それよりなんのお話をしていたのか私にも聞かせて」

まずい、とシシィナの頭の中で警鐘が鳴り響く。

早くここから退出しなくてはこれまでの二の舞になる。しかし、セシリアが行く手を阻むように入口に立っているので逃げられそうにない。

ハンナ夫人は手にしている招待状を見せながら、事のあらましをセシリアに述べる。

するとセシリアは、少し考えるそぶりを見せた後で口を開いた。

「……それならお義姉様も一緒に連れていきましょう」

シシィナの嫌な予想は的中し、セシリアは意地悪そうに微笑む。

「とても光栄だけれど、不慣れな私が行くと迷惑をかけるわ。お義母様からも身のほどをわきまえるよう言われたばかりなの。気持ちだけ受け取らせて」

すかさず断りを入れるが、セシリアはその主張を無視してハンナ夫人のもとに駆け寄る。

「ねえ、お母様いいでしょう？　私、お義姉様を連れていきたいの」

ハンナ夫人はせがんでくるセシリアを見て、不思議そうに尋ねた。

「どうしてシシィナを同行させるの？　この子は十八歳になっても社交界デビューはおろか、あなたのように他家の令嬢とも交流がないのよ。プレデビューだってさせていないし、連れていったところでなんの価値もないわ」

ハルベイン王国では、社交界デビューを控えた令息や令嬢は、事前に舞踏会や夜会に一度だけ参加してもかまわないというプレデビューの風習がある。

正式な社交界デビューは年に一度、シーズンの初めに開かれる式典に参加するのが条件だ。その場で王族に挨拶をして、初めて正式に社交界デビューしたと見なされる。

しかし今年十八歳を迎えたにもかかわらず、シシィナはそれに参加していない。

正しくは参加させてもらえなかった。

公爵である父が遺した遺産の管理は執事とハンナ夫人が行っている。さらに彼女は、シシィナが公爵の死をきっかけに心を病んで別邸で療養していると嘘の話を周囲に吹聴したため、シシィナは社交界デビューをしたくてもできないでいた。

以前まで交流のあった友人たちとも疎遠になり、彼女らはセシリアの親しい友人になった。助けを求めて真実を語ったところで、噂をうのみにしている彼女たちからは奇異の目を向けられるだけだ。こちらの主張は信じてもらえない。

シシィナは公爵令嬢でありながら、なんのうしろ盾もない弱い立場の人間となった。

宮殿舞踏会に参加したところで周りから煙たがられるか、敬遠されるかの二択が関の山だろう。

セシリアは巻き毛を指でもてあそびながら、期待に声を弾ませる。

「枯れ枝のように痩せすぎてなんの魅力もないお義姉様が隣にいたら、私がとっても引き立つでしょう？　それに心が病んでいる姉を献身的に支える私の姿を見たら、周りがどう評価するか決まっているじゃない。だから同行させたいのよ」

心が病んだ、血のつながっていない姉に寄り添うセシリアの姿は面目を施すだろう。まったくよく回る頭と舌だ。

シシィナは負けじと主張する。

「だけどセシリア、私が一緒に行ったらかえってあなたの評判に傷がつくかも」

「あら、お義姉様は私の頼みを聞いてはくれないのかしら？　いつも私はお義姉様に親切にしてあげているのに、お義姉は親切にしてくれないの？」

セシリアはじっとこちらを見すえた。

自分に逆らうなら、手紙の代筆を手伝っても銀貨は渡さないという意味がそこには含まれている。

銀貨をもらえなくなれば、エドモンドの薬は買えない。もはやこれは脅迫だった。

「お義姉様、私のお願いを聞いてくれるかしら？」

満面の笑みで尋ねてくるセシリアに、シシィナはうなずくしかなかった。

「……そこまで言ってくれるのなら、同行させてもらうわ」

「やったあ。お義姉様の衣装は私に任せて。後で侍女に届けさせるから」

「ありがとう、心優しいセシリア」

シシィナは声が震えないように必死で平静を装うのだった。

それからシシィナはとぼとぼと別邸に続く小径を歩いていた。

せっかくセシリアが来ないよう時間稼ぎをしたのに失敗に終わって、虚しさと徒労感だけが心に残った。

「また宮殿舞踏会に参加するなんて」

言葉の響きだけで自然とため息が漏れる。

沈み込みそうな気持ちになって頭を振った。

(弱気になっちゃだめ。結果がどちらに転ぶかはまだわからないわ。絶望してあきらめたらこれまでと同じ末路をたどる羽目になるんだから。しっかりしないと)

シシィナは唇を引き結ぶ。

これまでループした人生はどれをとっても悲惨だった。

八度とも、シシィナは今日から一年後にナイルズと結婚させられ、彼の理不尽な嫉妬で殺害され続けた。中にはシシィナを助けようと保護してくれた人もいたが、病気にかかって亡くなってしまい、結局シシィナは殺されてしまった。

意識が途切れた次の瞬間には、悪夢だと勘違いして目が覚める。毎回ナディア側妃の誕生日を祝う宮殿舞踏会の招待状が届く日で、白猫を見てループしている人生を思い出すのだ。

この現象がどうして起きているのかわからないが、もう受け入れるしかない。

そして願わくは――。

「何度も失敗しているけど、今度こそ私は平穏な人生を送りたい。エドモンドの病気を治して、一年後に成人する彼に爵位を継がせてふたり幸せに暮らしていくの。……そのためにはナイルズ様との結婚はなんとしてでも回避しないと」

シシィナはサファイアのような青い瞳に強い光を宿して、拳を握りしめた。


銀砂をまいたような星空の下、シシィナは九度目の舞踏会場に足を踏み入れていた。天井から等間隔に吊るされたきらめく三段のシャンデリアが、会場を照らす。室内の至るところに溝が掘られた白の円柱があり、柱頭には彫刻が彫られている。幾何学模様でできた木製のモザイク床はまるで芸術品のよう。

出席している貴族たちも舞踏会場に負けず劣らず華美な装いで、空間によくなじんでいた。

どれをとっても見事だが、シシィナはこの豪華絢爛な空間を堪能する余裕はなかった。会場入りしてから常に警戒し、神経を研ぎ澄ませている。

ここからはどんな手を使ってでもナイルズとの出会いを回避しなくてはいけない。彼との出会いはセシリアの挨拶回りがきっかけだ。

シシィナはどこかのタイミングで抜け出すために状況を見定めていた。

「お義姉様は私の引き立て役なんだから、おとなしくいつもの暗い表情のままでそばにいて。今夜はあの方に私の魅力をたっぷりと伝えなくてはいけないから」

上機嫌なセシリアは、シシィナが逃げられないようにしっかりと腕を絡めてくる。

ハンナ夫人はすでに貴族たちへ挨拶回りをしに行っており姿はない。

シシィナは息を整えると、横目でセシリアの様子をうかがった。

今夜の彼女の装いは淡いオレンジ色のドレスだ。胸もとにはフリンジとフリルがたっぷりとついている。スカートにはルビーや真珠がちりばめられ、刺繍はたくさんの色糸が使われていて鮮やかだ。髪は複雑な編み込みでまとめ上げ、側頭部にはダイヤモンドと鳥の羽でできた髪飾りがついている。

一方でシシィナが着ているドレスはクリーム色。わざと壁の色と同化するような地味で目立たない色味になっている。セシリアや周りの女性たちが身にまとっているドレスのように精緻な刺繍やきらびやかな宝石はついていない。あまり質素にしすぎると公爵家の威信に関わるので、胸もとにはシルクでできた白のリボン、袖口やスカートの裾にはフリルレースがついているがそれだけだ。髪はシンプルにまとめ上げ、白《しろ》蝶貝《ちょうがい》の髪飾りをつけている。

宮殿舞踏会に出席しても恥ずかしくない格好ではあるが、色の組み合わせのせいでぼんやりとした印象で、隣のセシリアを引き立てる絶妙な仕上がりになっていた。完璧な装いのセシリアの隣に立たされては、シシィナなど空気に等しい。それにこちらの存在に気づかれたところで、貴族たちの視線が痛いだけ。

何度も同じ状況を経験しているのに、やはりこの瞬間には慣れそうになかった。

セシリアはシシィナの心情などおかまいなしに会場内を歩き回る。

「ご機嫌よう、セシリア様。隣にいらっしゃるのはどなた様でしょうか？」

とある令嬢に声をかけられたセシリアは、歩みを止めると頭を動かした。

「こちらはシシィナお義姉様です。やっと元気になったので、このたびプレデビューしました」

「えっ、シシィナ様ですか？」

令嬢がシシィナを頭のてっぺんから足のつま先まで、好奇の目で観察してくる。

宮殿舞踏会では毎回最初にこの令嬢に声をかけられるのだが、彼女の表情はいつも正直だ。美少女であるセシリアに比べて、姉のシシィナはストロベリーブロンドの髪が珍しいだけで平々凡々な容姿だと顔に書いてある。

そしてその様子を見て、セシリアはひそかにほくそ笑むのだった。

いくつか言葉を交わした後、令嬢は離れていく。滞りなく挨拶が済んだシシィナは頃合いを見て話を切り出した。

「ねえセシリア、私なんだか気分が悪いわ。人酔いしたみたい」

「普段から人の少ない別邸にいるからってもう人混みに酔ったの？　体力がなさすぎるわ。ルディウス殿下がお越しになるまで、お義姉様には隣にいてもらわないといけないのに」

笑顔を絶やさぬまま小声で嫌みを放ってくるセシリア。

しかし、このままいけばあと数人でナイルズに話しかけられる。そろそろ会場から退場して安全な場所へ避難しておきたい。

これまでは環境のせいでセシリアが恐ろしく、手も足も出なかった。しかし、ナイルズに殺される未来を回避するためには恐怖を乗り越える必要がある。

（怖いなんて言っていられないわ。なんとしてでもナイルズ様との接触を避けないと。私の未来は変わらない）

逸る気持ちを抑えながらシシィナは再度訴えた。

「気分が悪くて限界なの。舞踏会が始まる前に戻るから外の空気を吸わせて。お願い」

わざと周囲に聞こえるように主張すると、思惑通りセシリアは周囲を気にしてふたつ返事で了承してくれた。

「もちろんです。お義姉様の体調が一番ですから、外で新鮮な空気を吸ってきてください」

「ありがとう」

シシィナはお礼を言い、嬉々として会場の外へと急いだ。ところが、人が流れてくる方向とは逆に移動するので思ったように先へは進めない。

やっとの思いで廊下へと出られたときには、ドッと疲れが押し寄せた。

シシィナは壁に手をついて息を整える。

(やっと廊下に出られたわ！)

なんとも言えない達成感にシシィナは浸った。

会場内にとどまらなければナイルズとの接触はない。これで完全に出会いを回避できたのだと思うと胸がすいた。

(あとは休憩場にもなっている庭園で過ごさせてもらいましょう)

シシィナは安堵の息を漏らす。

「とても美しい髪色ですね。ストロベリーブロンドとは大変珍しい」

突然うしろから声をかけられた。

男性の低い声を聞いてシシィナの心臓が大きく跳ね、背中はぞくりと寒くなる。

（今の声は……）

恐る恐る振り返った先には、亜麻色の髪をうしろでひとつに束ねた灰色の瞳の青年——ナイルズが立っている。

「……ひっ‼」

思わずシシィナは小さな悲鳴をあげた。セシリアに人酔いして気分が悪いと仮病を使ったときよりも、顔は青ざめているだろう。

ナイルズはシシィナの警戒心を解くように人懐っこい笑みを浮かべた。

「ああ、突然話しかけて失礼しました。あまりにも魅惑的な髪色だったのでつい。もちろん、正面から眺めるあなた様の容姿も素晴らしく麗しいです」

お世辞の言葉を並べながら、ナイルズは胸に手をあてて優雅に挨拶をする。

「はじめまして。僕はナイルズ・クロストンと申します。先ほどモンクレイフ公爵夫人やセシリア嬢と一緒に歩いているところを見かけました。もしやあなたは、シシィナ嬢ですか？」

尋ねられてどう答えるべきか思案する。

クロストン伯爵であるナイルズは商会の運営を手がけており、先代よりも敏腕で貿易事業を拡大している。彼の人脈をもってすれば、シシィナの素性を完璧に調べ上げるなど造作もないだろう。

それにシシィナの髪はこの国では珍しいストロベリーブロンドだ。否定したところでなんの意味もない。長い沈黙の後、シシィナは警戒しながらも肯定した。

「……はい。私がシシィナ・モンクレイフです。以後、お見知りおきを」

スカートの裾を軽く持ち上げて一礼する。

「療養されていると聞いていましたが出席されたのですね。今夜はプレデビューですか？　もしダンスの相手がいないのであれば、僕が相手をしましょう」

目の前に手が差し出された途端、心の中に嫌悪感が込み上げてくる。

シシィナは平静を装いながら首を横に振った。

「長い間伏せっておりましたので踊れる自信がありません。あなた様に恥をかかせるだけになりますのでおかまいなく」

社交界で吹聴されている嘘の噂を逆手にとって、シシィナはナイルズの誘いを断る。

これならば断っても角が立つまいとシシィナは高を括る。

「では、もう少し話をする時間を設けてはくれないでしょうか？」

しかしナイルズが別の提案をしてきた。

ねっとりとしたナイルズの視線と声に、シシィナの心は恐怖に染まっていく。

この感覚をシシィナは知っている。これはナイルズが狙いを定めたときの感覚だ。

一刻も早くこの場から離れなければ。

これ以上同じ空間にいては、いよいよ逃げられなくなりそうだ。

「い、急いでおりますので失礼します！」

シシィナはナイルズに引き留められないよう、慌てて人混みの中に逃げ込んだ。

喧騒の中で彼の呼び止める声が聞こえてきたが、シシィナは立ち止まったり振り返ったりもせずに必死に足を動かして距離を取った。

＊＊＊

残されたナイルズは、人混みの中に消えていくシシィナのうしろ姿をずっと眺めていた。

「シシィナ・モンクレイフ嬢か。あの髪色は珍しいし美しい。容姿もあわせて磨けば

もっと僕好みになるだろう。ぜひともコレクションにしたいな。それになにより
も……あの怯えた目がたまらないね」
ナイルズは含み笑いを浮かべ、ギラギラと目を輝かせるのだった。

＊＊＊

庭園に逃げ込んだシシィナは、うしろを振り返ってナイルズが追ってきていないか
を確認し、巨大噴水が堪能できるベンチに腰を下ろした。周りに人気はなく、水路を
流れる水の音と定期的に噴き出す噴水の音しか聞こえない。
何度か深呼吸を繰り返しながら空を仰ぐ。濃紺の空に銀砂をまいたような星が瞬い
ていて、じっと見つめていると心が徐々に落ち着いてきた。
やがて、シシィナは深いため息をつくと頭を抱える。
ループした初日から、セシリアやナイルズの機先を制すよう様々な方法を試してき
たが、どれをとっても失敗に終わった。
どうしてうまくいかないのだろう。なにがいけなかったのだろう。
マイナス思考に囚われてがんじがらめになっていく。

「……私は、運命から逃がれられないの？　また悲惨な人生をたどるの？」

何度も同じ人生を繰り返し、次の展開だって予測できているのにちっとも思い通りに進まない。運命の女神は微笑むどころか、こちらをもてあそんでいるようだった。まだナイルズから結婚を申し込まれてもいないし、死ぬまでに時間はある。だが、こうも立て続けに失敗が続くとがんばる気力が削がれていく。

「すべてが空回っている。……疲れたわ」

額に手をあてて泣き言を呟いていると、不意になにかが足もとを横切った。

驚いて足を浮かせ、小さな悲鳴をあげる。すると、それはひょいっとベンチの上に飛び乗って姿を見せた。

「ニャウン」

「えっ……白猫さん⁉」

ループ初日に出会った、すみれ色の瞳を持つ白猫だった。

どうして宮殿の庭園にいるのか不思議でたまらない。シシィナが暮らしている公爵邸から宮殿までは、徒歩で一時間ほどかかる。

（そういえば、この白猫さんは死ぬ直前にも私の目の前に姿を現しているわ）

ナイルズが暮らす伯爵邸は公爵邸から徒歩圏内に位置している。ゆえに猫の足でも移動はたやすいだろう。しかし、宮殿となれば距離があるため話は違ってくる。

シシィナはひとつの仮説を立てた。

「……もしかしてうちの馬車に忍び込んでついてきたの？　ああ、どうすればいいの」

シシィナは表情を強ばらせた。

実のところ、今夜誕生日を迎えるナディア側妃は大の猫嫌いで有名なのだ。なんでも幼い頃、猫に触ろうとして手を引っかかれ、それがきっかけで恐怖心を抱いてしまったのだとか。

もしも猫が宮殿に入り込んだと知られたら、衛兵に速やかに捕まえられ処分されてしまうという噂だ。

シシィナは周囲に衛兵がいないかを確認して、小声で白猫に話しかける。

「こっちにおいで。誰かに見つかる前に私が安全なところまで連れ出してあげるから」

手招きするものの、白猫はするりとベンチから地面へと降り立った。続いて無邪気な鳴き声をあげてタタッと走り出す。

「あっ、待って‼」

白猫が庭園の奥へ奥へと駆けていくので、シシィナは無我夢中で追いかけた。

必死に後を追っているうちに、いつの間にか庭園の端までたどり着いていた。

手入れが行き届いた花壇の縁には低木が植えられ、中は等間隔に見頃を迎えた多種多様な花々が咲いている。そのうしろには背の高い生け垣があり、さらにその奥には堅牢な石造りの壁が屹立《きつりつ》していた。

白猫が向かったのはここで間違いないが、植物の影に隠れたようで姿が見えない。いったいどこにいるのだろう。

シシィナが目を凝らして辺りを見回していたら、来た方向から慌ただしい足音が聞こえてくる。体をひねってうしろを向くとランプを持った衛兵がこちらにやって来た。

「そこのご令嬢、ここに怪しげな者は通らなかったか？」

「いいえ。私は誰も見ておりませんが」

怪訝な表情を浮かべてシシィナは首をかしげた。

噴水が見えるベンチから無我夢中で白猫を追いかけていたため、怪しい人物がいても気がつかなかったのかもしれない。

それよりも、シシィナが一番気がかりなのは白猫だった。もし衛兵の前に白猫が姿を現したら。あるいは声を出したら……捕まって処分されてしまうかもしれない。

お願いだからおとなしく隠れていて、とシシィナは内心ヒヤヒヤする。

「やつが逃げたのはこちらの方角で間違いない……本当に見ていないんだな？」

「は、はい。誓って嘘はついていません」

詰め寄って尋ねてくる衛兵は目がすわっていて、肌がひりつくような殺気立った空気を放っている。

まるで取り調べを受けているような気分になり、シシィナは気後れする。

「だが、令嬢がひとりでこんな庭園の奥深くにいるのも変だ。怪しいな。まさかやつの共犯者か？」

シシィナはギョッとしてすぐさま反論した。

「違います。あなたが誰について話しているのか、私にはさっぱりわかりません‼」

しかしその反応は逆効果だったようで、衛兵の目はどんどん鋭くなっていく。

シシィナは途方に暮れた。そこで不意に衛兵の首筋にある赤紫色の痣が目についた。

普段なら気にしないが、それは蝶のような形をしている。

（この形の痣、見覚えがあるわ。でもどこで見たのかしら？）

赤紫色の蝶の痣。どの人生でそれを見たのかは思い出せないが、痣は彼と同じ首筋にあったような気がする。

黙考している間に物音がして、シシィナはハッと意識を引き戻した。

生け垣の向こうから誰かの走り去る音が聞こえ、それに反応した衛兵が舌打ちする。

「くそっ！　あっちだったか‼」

衛兵はシシィナを手で押しのけると、目にも留まらぬ速さで駆けていく。

シシィナはぽかんとした表情を浮かべて首をかしげた。

「いったいなんだったの？」

ともあれ、衛兵から解放されて人心地がついたシシィナは白猫の捜索を再開した。

怪しい人物が宮殿に侵入し衛兵が捜索している。警備はいっそう強化された。つまり、白猫が見つかる可能性もぐっと高まったようだ。

一刻も早く安全な場所へ白猫を連れ出さなくては。

捜索を再開したシシィナだったが、空には雲が出始めて月を覆い隠したため、なかなか白猫の姿をとらえることができない。

「白猫さん。お願いだから出てきてちょうだい」

小声で呼びかけながら歩いていると、樹木のうしろで影が動いた。

「白猫さん？」

シシィナが声をかけながら近づこうとしたとき、目の前をなにかが横切る。カランという乾いた音が足下から聞こえて下を見たら、ナイフが落ちていた。

「きゃああっ‼」

その瞬間にシシィナは恐怖から悲鳴をあげて尻餅をついてしまった。ナイフをきっかけに、ナイルズに滅多刺しにされて殺された一度目の人生がフラッシュバックした。

体の震えが止まらない。

シシィナは怯えた目で、ナイフが飛んできた方向を見すえた。こんな物騒なものを投げてくるのだから、樹木の影にいるのは衛兵が言っていた怪しい人物で間違いない。早くここから逃げて通報しなければ。だが、恐怖に支配されたシシィナの体はびくともしなかった。完全に腰が抜けて足に力が入らない。

このままでは口封じのために殺されるのも時間の問題だ。今世はナイルズではなく、怪しい人物に手をかけられて死ぬらしい。

(まだ、なにもできていないのに。こんなところで人生が終わるなんて!)

虚しさよりも悔しい気持ちが心に湧き上がる。

それに比例して死にたくないという気持ちも増していく。

(ここで死ぬわけにはいかない。今度こそ平穏で幸せな人生を手に入れるんだから)

心の中で叫ぶシシィナの目の前に突然、白猫が現れた。

「ニャウン‼」

シシィナをかばうように、白猫は全身を逆立てて威嚇している。

「白猫さん⁉」

「アニス？」

人影とシシィナが声をあげたのは同時だった。

「へっ……アニス？」

シシィナが言葉を繰り返すと、樹木の影に隠れていた人影が動いた。こちらに近づいてくるが、いまだに木陰の下にいるせいで姿をはっきり確認することはできない。

しかし、男の声を聞いた白猫は威嚇をやめた。

「どうしてアニスがここにいるんだ？」

男の疑問に対して、白猫は彼に駆け寄ると尻尾を揺らしている。どうやら名前はアニスというらしい。なでろというように頬を男の体にこすりつけるので、男はアニスの背中を優しくなでた。

ちょうど雲に覆われていた月が姿を現し、再び辺りを照らし始める。降り注ぐ月光に、シシィナのストロベリーブロンドが照らされた。

するとそこで男の息をのむ音が聞こえてくる。

「……まさかあなただったなんて」

男の呟きは非常に小さく、シシィナはよく聞き取れなかった。

きょとんとした表情を浮かべていると、男がようやく木陰から出てきた。

現れたのは黒装束の男。頭も黒い布で覆い隠し、見えるのは目もとだけだ。ほどよい筋肉がついた体で背は高い。すみれ色の瞳はアーモンドの形をしている。

（アニスと同じ綺麗《きれい》なすみれ色の瞳。……どこかで会った気がするわ）

懐かしいような切ないような不思議な気持ちに浸っていると、声をかけられる。

「怖い思いをさせてすまない。追っ手かと思ってとっさにナイフを投げてしまったんだ。……けがはしてないか？」

男は気遣わしげな声で尋ねてくる。

シシィナは助け起こしてもらいながら答えた。

「だ、大丈夫です。なんともありません」

謝ってくれたことや助け起こしてくれたことを考えると、怪しい見た目とは違って親切だ。アニスが懐いていることからも悪い人ではないと思う。なによりも、先ほどの衛兵のような威圧的な態度や殺気がまるでないので親近感を覚えた。

シシィナがスカートについた土埃を払っている間に、男がナイフを拾い上げて腰の鞘《さや》に収める。

アニスは男の体を器用によじ登り、肩にちょこんと腰を下ろした。

男も抵抗せずに好きにさせているので、彼らの間にはなにかしらの絆があるようだ。

もしかして、アニスの飼い主なのだろうか。

「ひとつお尋ねしますが、アニスはあなたの猫ですか？」

「アニスは――」

しかしそこで男はなにかに反応して口をつぐんだ。

次の瞬間、シシィナは男に腕を掴まれて樹木の陰に連れ込まれ、そのまま腕の中に閉じ込められる。

突然の出来事にシシィナは頭が真っ白になった。

ナイルズ以外の男性と密着するなんてこれが初めてだし、そもそも人気のない暗がりに連れ込まれては身の危険を感じる。

「なにをっ」

シシィナが身じろいで尋ねようとしたところで、男が口もとに人さし指を立てて静かにするよう合図を飛ばしてくる。

乱暴を働くつもりがないのはあきらかだったので、ひとまずシシィナはおとなしく従う。男の引きしまった腕の中にいると、不思議と守られているような感覚を覚える。

ナイルズに抱きしめられても嫌悪感だけだったのに、この男の腕の中だとなぜだか居心地がいい。

そんな感情が心を覆っていくので、すかさずシシィナは自身を叱り飛ばした。

（もうっ、見ず知らずの男性に安心感を覚えるなんて）

これではナイルズ以外の男性なら誰でもいいと言っているようなものだ。

（私ったらなんて軽薄なの。というか、彼は私を守ってくれているだけなのに）

変に意識して恥ずかしくなり、シシィナの体が火照り始めたちょうどそのとき、こちらに向かって走ってくる複数人の足音が耳に届いた。

「この辺りで悲鳴が聞こえなかったか？」

「俺も聞こえて駆けつけたんだが……誰もいないな」

衛兵たちは手に持つランプを使って辺りを照らしながら、異常がないかくまなく調査する。しばらくして、誰かが口を開いた。

「……気のせいみたいだな」

「どうやら聞き間違いだったみたいだ。まったく、今日はただでさえ舞踏会の警備で忙しいというのに」

衛兵たちは愚痴をこぼしながら踵を返して去っていった。

人気がなくなって、男が腕の力を緩めてシシィナから離れる。

「あなたの協力に感謝する。衛兵の数が増える前に俺はここを離れなくては」

「待って。腕にけがをしてるわ」

足早に去ろうとする男の腕を掴んで引き留める。

当の本人はシシィナに指摘されて初めて自身のけがを認識したようで、けがを見て驚いている。

「……これくらいのけがなど大事ない」

「そんなことないわ。傷口から血が出ているし、雑菌が入って感染症になるかも。最悪、死に至る場合だってあるの。とくにここは植物が多い庭園だから気をつけないと」

シシィナは近くにある庭師用の手洗い場に目を留めた。次に男を連れていって傷口を洗い流し、ポケットにしまっていたハンカチを腕に巻きつける。

「ずいぶんと手際がいいな」

「以前に大事な人を亡くしているの。その人も軽いけがだと侮ったせいで取り返しがつかなくなったわ」

手あてを終えてうつむくシシィナは、これまでの人生を思い出していた。

自分を助けて保護してくれた恩人はある日突然亡くなった。聞いた話では傷口から入った菌が原因で感染症になり、あっという間に容態が悪化してこの世を去ったのだという。

七度目の人生までそのような経験を何度か繰り返したので、もう二度とあんな悲劇が起きないよう、八度目の人生でシシィナは傷の対処方法や包帯の巻き方などの基礎知識を一生懸命に勉強して習得した。とはいえ、最終的に恩人と接触しないまま死んだが。

シシィナの必死な訴えが男の心にも届いたようで、彼は表情を和らげた。

「わかった。これからは気をつける」

その言葉を聞いたシシィナはうつむいて自分の胸の上に手を置き、安堵のため息をつく。

「聞き入れてくださり、どうもありがとうございます……って、あれ？　どこに行ったの？」

顔を上げると、隣にいたはずの男はアニスと一緒に忽然と姿を消していた。

＊＊＊

庭園から姿を消した黒装束の男とアニスは、人気のない場所に向かっていた。

あのままシシィナのもとに居続けたら、彼女も仲間だと勘違いされて危険だ。現に庭園内の衛兵は増えていて、それを肌で感じ取っていた。

男は気配を消して静かに走りながら、腕に巻かれたハンカチを一瞥する。

怖がらせてしまったというのに、シシィナは警戒する様子もなく親切にも傷の手あてをしてくれた。

視線を前に戻した男は眉間にしわを寄せ、ぐっと奥歯を噛みしめる。

「……危うく彼女を傷つけるところだった」

もしも自分が投げたナイフがあたっていたら。かすり傷のひとつでもつけていたら。

想像しただけで肝が冷える。

衛兵に追われ焦っていたとはいえ、自身のふがいなさに憤りを覚えた。

(彼女にけがを負わせていたら、自分を絶対に許せない。いや、正気でいられない)

心の中で呟くと心臓がぎゅっと握りつぶされるような感覚がして、苦しくなる。

男は足を止めてそばにある壁に手をついた。

(なんだ、今のは……)

言いようのない感情が腹の底から迫り上がってくる。

わけがわからずその場に佇んでいると、肩の上にのっていたアニスが尻尾を使ってぺしぺしと頬を叩いてきた。

意識を引き戻したと同時に、遠くから人の足音が聞こえてくる。

「そうだな。早くここから離れよう」

男はアニスの鼻の上をひとなでし、再び走り出した。

◇第二章　逃亡計画とマリー・ベル植物園

「もうっ！　お義姉様ったら本当にグズ！　ちっとも綺麗にできてないじゃない！」

公爵家本邸の玄関では、朝からセシリアの罵声が響いていた。

腰に手をあてまなじりを吊り上げるセシリアは、シシィナが箒《ほうき》でかき集めた落ち葉や塵の山を何度も蹴り飛ばしてはまき散らすという嫌がらせをしてくる。

「引き立て役も掃除もまともにできないなんて。なにをやってもだめなんだから！　姉として失格だし、使用人だったら即刻解雇しているところよ！」

たまった鬱憤を晴らして最後に鼻を鳴らすセシリアは、大股で屋敷の中へと入っていく。

シシィナはセシリアの姿が見えなくなると肩をすくめ、箒の柄を握りしめた。

昨夜の舞踏会から今朝にかけてセシリアはずっと不機嫌だ。

シシィナが庭園から彼女のもとに戻るのが遅かったのもあるが、それに加えて彼女の想い人であるルディウスが姿を現さなかったことにも原因がある。

いつもなら舞踏会終了間際に会場に現れるルディウスだが、今回は舞踏会が終わっても姿を見せなかった。

セシリアからすれば招待状が届いた日から当日まで、ルディウスのために周到な準備を進めていたにもかかわらずその努力が水の泡になったのだから、憤るのも当然だ。

(半分はルディウス殿下への不満だけど……残り半分は遅れて戻ってきた私への怒りといったところかしら)

不機嫌なセシリアの感情を細かく分析しながら、シシィナは昨夜の出来事を思い出していた。

黒装束の男が姿を消した後、会場に戻るとすでにパーティーは始まっていた。

会場の中心ではきらびやかな男女が優雅にダンスを踊っていて、遠巻きにセシリアを眺めたら、彼女の周りはダンスを申し込む令息たちであふれている。

そしていつもならナイルズとダンスを踊ったり話したりしている頃だが、今回は庭園へ避難して戻ってからも警戒していたので最後まで接触せずに済んだ。

警戒対象であるナイルズはナディア側妃と談笑していた。

(……たしかナイルズ様ってナディア側妃の甥だったわね)

シシィナはふたりの関係を思い出す。

ナディア側妃はナイルズと同じ亜麻色の髪をしているが、彼女の瞳はもえぎ色だ。

肌は白く陶器のようになめらかでシミはひとつもない、年齢不詳の美女。体つきもすらりとしていて、第二王子を産んだなんて信じられない。

ふたりが並ぶと雰囲気が似ているので親族であるのは一目瞭然だ。はたから見ていると、甥と叔母の関係というよりも姉弟のようだった。

（ナディア側妃は温厚で慈悲深い性格で有名なのに、ナイルズ様はどうしてあんなに苛烈で恐ろしい性格なのかしら……）

ナディア側妃は救貧院の増設や孤児院の支援に力を入れているため、国民からは人気が高い。一方でナイルズは、商才はあるが人の痛みというものがまったくわからない人間だ。表向きは人あたりがいいのかもしれないが、シシィナはその本性を嫌というほどよく知っている。

彼が少しでもナディア側妃に似ていれば……なんてばかな考えが頭をよぎった。

似ていたところで、これまでの悲惨で苦痛な日々が消えるわけではないし、許せるわけでもない。

考えを払拭するように手で払うと、シシィナは集めた落ち葉や塵を箒とちり取りで取る。

「セシリアがまたいじめてくる前にここを離れないと。かなり機嫌が悪いもの」

いつもより時間はかかったが、無事に玄関の掃除を終えたシシィナは逃げるように本邸から別邸に戻った。

別邸は五十年以上前に立てられた古いレンガ造りの建物で、屋根には窓と煙突がついている。正面には縦窓がいくつも並び、正面玄関の真上にある半円のペディメントは特徴的だ。

本邸は十年前に建てられ、最新のデザインで洗練された印象を受けるが、シシィナは別邸の方が落ち着いていて好きだった。

別邸に到着し、玄関扉をくぐって足を運んだのはとある一室。

オーク材を基調とした室内は窓が開かれていて、カーテンがはためいている。壁は腰壁パネルで覆われていて、家具はベッドとチェスト、テーブル、椅子といった必要最低限のものがあるだけだ。贅沢な調度品や絵画はいっさいない。

窓側にはメロン形の脚部が特徴的な天蓋付きのベッドがあり、そこには弟のエドモンドが横たわっている。長い睫毛に縁取られた瞼は固く閉じていた。淡い金色の髪に、肌は雪のように色白で、直接陽の光を浴びていないのが誰の目にもわかる。

「おはよう、エドモンド。体調はどうかしら？」

シシィナがベッドのそばにある丸椅子に座りながら声をかけると、エドモンドがゆっくりと目を開けた。

「姉様、おはよう。大丈夫だよ」

エドモンドは上体を起こし、厚手のクッションを背もたれにして身を預ける。そしてシシィナの様子を見てエドモンドが煩悶《はんもん》した。

「ごめんね。僕の体が弱くなければ、姉様の足手まといにはならなかったのに。今日も本邸へ働きに行ってたんでしょ?」

エドモンドは、シシィナが自分のために身を粉にして働いていることを知っている。そして本邸でどんな扱いを受けているかも気づいているようだ。

目を閉じてまつげを震わせるエドモンドの手をシシィナが取った。

「そんなこと言わないで。大事な弟を見捨てるわけないでしょう? 大丈夫よ、私が薬を買って必ずエドモンドの病気を治してみせるわ!」

「ありが……ううっ」

突然、エドモンドが苦しみだした。ゲホゲホと咳き込んで胸を押さえる。

どうやら発作を起こしているらしい。呻《うめ》き声とともにヒューヒューというぜん鳴が聞こえてくる。

シシィナは顔を青くした。

「エドモンド！　しっかりして‼」

一刻も早く薬の準備をしないといけない。

シシィナは勢いよく丸椅子から立ち上がり、くるりと回れ右をして薬を取りに行くため一歩を踏み出そうとした。

するとちょうどそこで、入口の扉が開いて侍女が入ってきた。

中年でしっかりまとめた赤髪に茶褐色の瞳をした彼女は、クロエという。

「咳き込む声が聞こえてきたので薬をお持ちしました。いつもの要領で蜂蜜も混ぜておりますよ」

彼女は公爵家の使用人で唯一の味方だ。

使用人の入れ替えが行われる以前から公爵家に仕えている侍女で、ハンナ夫人のお気に入りでもある。もともとクロエはシシィナたちの母の専属侍女だった。

入れ替えの際はハンナ夫人の専属侍女に抜擢され、引き受ける代わりにシシィナとエドモンドの監視役を申し出た。もちろん監視役というのは建前で、実際のところはシシィナとエドモンドの身のまわりの世話をしてくれている。

クロエはベッドに近づいて、エドモンドに薬を飲ませてくれた。

その隣でシシィナは祈るように手をあわせて様子を見守った。

薬を飲み終えたエドモンドは、荒い息を繰り返しながらベッドに沈み込む。

「エドモンド……」

「もう心配いりませんよ。ほら、だんだん呼吸も穏やかになっているでしょう？」

クロエは茶褐色の目を細めた。

彼女の言う通り、薬を飲んだエドモンドからは苦しむ声もぜん鳴も聞こえなくなった。今は穏やかな表情をして横になっている。

「ありがとう、クロエ。ありがとう」

シシィナはその場にへなへなと座り込んで、何度もクロエに感謝した。

今回の人生では絶対にエドモンドを救うと誓っている。ここで彼を失ったら、シシィナは絶望の淵に突き落とされる。もう二度と立ち直れない。

「姉様、僕は大丈夫。……だから、心配しないで」

やっと落ち着いたエドモンドが、シシィナに向かって力のない声で言葉を紡ぐ。

「薬をありがとう、クロエ」

そして次にクロエに声をかけた。

クロエは申し訳なさそうに表情を曇らせる。

「ふたりとも、私にお礼を言わないでくださいませ。これくらいでしかお役に立てないのが心苦しいです。さて、エドモンド様はお休みになる必要があるのでお嬢様は私と部屋を出ましょう」

シシィナはエドモンドに別れを告げてクロエと一緒に部屋を出る。そしてその足で厨房に向かった。

クロエはシシィナのためにお茶を淹れてくれた。

カップに注がれたお茶からは湯気が立ちのぼり、芳醇な香りがする。

それをソーサーの上にのせ、こっそり本邸から持ってきたショートブレッドもふたつ添えてくれた。

シシィナはクロエの淹れてくれるお茶が好きだ。茶葉独自の風味を損ねることなく絶妙においしい味を引き出してくれる。ほろほろとしたショートブレッドは砂糖が控えめで、素朴な味だが彼女のお茶によく合う。

つかの間の幸せな時間で人心地がついた後、シシィナは話を切り出した。

「薬を買うお金が貯まったからこれからこっそり出かけてくるわ。私がいない間、エドモンドをお願いね」

「外出中は私めにお任せください。奥様もセシリアお嬢様も今日は仕立屋を呼んでドレスを新調するので、抜け出しても問題ありません。……それにしても、セシリアお嬢様から引き受けている代筆の件ですが」

語気を荒らげるクロエの表情が見る見るうちに険しくなる。

「銀貨が少なすぎます。以前に奥様の代筆を頼まれたことがありますが、あの量なら銀貨三枚が妥当ですよ！」

どうやらクロエは銀貨の枚数が少ないことに憤っているようだ。

シシィナは肩をすくめてからクロエをなだめた。

「もらえるだけいいと思わないと。下手に欲をかいたら一枚ももらえなくなるわ」

そうなると薬が買えなくなってエドモンドを苦しめる。

今のシシィナにとって代筆は唯一の収入源だ。

クロエはなにか言いかけるが、結局なにも言わないまま口をつぐんだ。

シシィナは空になったカップに視線を落とすと思案する。

（代筆は大事な収入源だけどセシリアに頼るのはよくない。それに金額が少ないから、ナイルズ様との結婚までに逃げようにも必要な分を貯められそうにないわ。そうなると前と同じ末路をたどってしまう）

今世ではナイルズという魔の手から逃げきってみせる！とは思うものの、今のシシィナは非力だ。

（ナイルズ様から逃げきるのもそうだけど、エドモンドを病気から救いたい。このふたつを叶えるためには、やっぱりまとまったお金が必要になる）

ふたりで暮らしていけるだけのお金をざっと計算してみたが、結構な額だった。

テーブルの上に手を置いてとんとんと指を叩く。

（ナイルズ様から婚約を申し込まれるのは半年後。残りの時間でお金を貯める方法があればいいけど。無謀かしら……）

シシィナは歴史や語学などの教養こそあれど、商学や経営学などの学問には触れていない。父は学ばせようと手はずしていたが、ハンナ夫人に阻まれた。

だが幸いにも、シシィナにはこれから起きる未来がわかっている。情報や知識をうまく活用すれば、少しでもお金を稼げるかもしれない。

（商売を興さなくてもどこかで働かせてもらってお金を稼げればいいんだけど……だとしたら誰かの協力が必要だわ）

思いあたるのはただひとり。今までの人生でシシィナを助けてくれた恩人、シャルマ侯爵だ。ナイルズの屋敷から逃げ出したシシィナを保護して匿ってくれた。彼に協力を求めればきっと助けてくれるはずだ。

（あの方はお父様と古くからの友人だって、七度目の人生でクロエから教えてもらったわ。お願いをすればきっと手を貸してくださるはず）

頭の中で今後の計画を立てた後、シシィナは着替えるためにいったん寝室に戻った。

クローゼットの奥にしまっている地味な服を引っ張り出して、町娘の格好に着替える。そして古びた小箱からブレスレットを取り出した。真珠とガラスビーズが交互につながれ、アクセントにオーバル形の青い魔法石がついている。魔法石の部分は金具によって回転できるように細工されていた。

これは髪色を変えられるブレスレットで、腕にはめて魔法石の金具を一回転させるとたちまちストロベリーブロンドの髪は茶色――ハルベイン王国民の一般的な髪色に変化する。

誰もが認める美少女のセシリアと比べて、シシィナの容姿は整ってはいるものの、これといって褒めるべきところはない。唯一目を引く点があるとすればストロベリーブロンドの髪色だけだ。

母が同盟国であるラノム王国の公爵家から嫁いできたため、彼女から受け継いだ髪色はハルベイン王国では大変珍しい。

（この髪色はひと目で私がモンクレイフ公爵家のシシィナだってわかるから、ブレス

レットがないと外に堂々と出られないわ）

それは母も同じだったようで、クロエによると母は嫁入り道具として持ってきたこのブレスレットを使って、お忍びで街へと繰り出していたらしい。ハンナ夫人によって母の形見であるドレスや貴金属が処分されていく中、これだけはクロエがひそかに持ち出してシシィナに渡してくれた。

「クロエには助けてもらってばかりだわ。生き延びたあかつきには、絶対恩返ししないと」

シシィナは普段使われていない勝手口から外の世界に飛び出した。

ブレスレットの効果もあって、喧騒の中でも目立たずに歩いていける。

そうして十五分ほどの場所にある薬店を訪れた。いつも混んでいて買うまでに時間がかかるのだが、今回は珍しく空いていたのでエドモンドの薬をすんなり手に入れられた。

買い物を済ませたシシィナは、公爵邸には戻らずに大通りを真っすぐ進む。貸本屋がある角を左に曲がれば石橋があり、それを渡ってさらに先へと進んでいけば、巨大施設——王立マリー・ベル植物園が見えてくる。

　正面から見て右手にいくつものガラス温室がうしろ方向に建ち並び、左手には二階建ての事務棟と研究棟が建っている。植物園と言われているがもともとは薬学や魔法薬学の研究のために建設された施設で、今でも多くの薬師や医師、それらに精通した魔法使いが難病の特効薬となる薬の研究開発を行っている。

　シシィナは胸いっぱいに空気を吸い込み、気を引きしめて事務棟へと進んだ。

　エントランスホールの受付嬢がシシィナに気づいて顔を上げる。

　町娘の格好のシシィナを見た彼女は一瞬訝《いぶか》しげな表情をしたが、すぐに笑顔になった。

「こんにちは。どのようなご用件でしょうか？」

　たしかに、町娘がこんな専門機関に足を運ぶというのはいささか怪しく思えるだろう。しかし、シシィナは怯むどころか笑顔を返した。

「こんにちは。園長であるシャルマ侯爵はいらっしゃいますか？」

　受付嬢は笑顔を絶やさず「少々お待ちください」と言って、カウンターのうしろにある棚から帳面を取り出す。

　ぱらぱらとめくりながら彼女はシシィナに問うた。

「園長と面会のお約束はされていますか？」

「いいえ、していません」

「大変申し訳ありませんが、お約束がなければお通しできかねます」

「無理は承知の上です。だからどうか……」

「そうおっしゃられましても」

ぱたんと帳面を閉じる受付嬢は困った表情を浮かべる。

「私がモンクレイフ公爵家の者だとお伝えください。きっと会ってくださるはずです」

シシィナは手につけているブレスレットを受付嬢に見せた。魔法石がはまっている金属皿の裏には、モンクレイフ公爵家の印章が彫られている。

これまで難色を示していた受付嬢は、それを見て目の色を変えた。

「少々お待ちください。確認してまいります」

印章を出されて無碍《むげ》にはできないと判断したらしい。受付嬢がカウンターから出て奥の廊下へと姿を消す。

シシィナは、受付から少し離れたところにあるソファに座って待たせてもらう。

(こんな格好だけど、私がシシィナだってシャルマ侯爵はわかってくれるかしら)

自分がシシィナだと証明するためには、ブレスレットの魔法石を回転させてストロベリーブロンドの髪を見せるのが一番手っ取り早い。だがここは人通りのあるエントランスホール。万が一ハンナ夫人やセシリアと関わりのある誰かに目撃され、シシィナがここに来たという報告をされてしまえば、今後の計画が台なしだ。

（その前に取り合ってもらえなかったら……ううん、どんな手を使ってでも侯爵と会って話をしないと。無理だって言われたら、あとは外から窓を覗《のぞ》き込んで彼を捜すしかないわね）

今後の人生がかかっているシシィナにとって、シャルマ侯爵の助けが得られるかどうかは死活問題だ。なんとしてでも接触しなくては。

そわそわしながら待ちわびているシシィナの耳に足音が届く。

顔を向けたところで受付嬢が戻ってきた。そのうしろには立派な口ひげを生やした、黒髪に白髪が交じった初老男性——シャルマ侯爵の姿がある。

シシィナは立ち上がるとシャルマ侯爵に近づいて挨拶をした。

「はじめまして、シャルマ侯爵様。わけあって髪色を変えておりますが私はシシィナ・モンクレイフです」

シシィナがスカートの裾を摘まんで挨拶をする。

シャルマ侯爵は感慨深げな表情を浮かべた。

「……顔立ちは母君によく似ているけど、サファイアのような青い瞳は父君そのもの。

君は間違いなくヨゼフの娘だ。ああ、よく来たね」

王立マリー・ベル植物園の園長兼薬学研究者であり、父の古くからの友人でもあるシャルマ侯爵は快くシシィナを迎え入れてくれた。

シシィナは覚えていないが、小さい頃はエドモンドと一緒に何度か会ったことがあるらしい。

彼はかつての人生でシシィナとエドモンドを救おうと奔走してくれた。だが、その途中に感染症で亡くなってしまい、結局シシィナはナイルズの屋敷に連れ戻された。

もっと早い段階でシャルマ侯爵に会って力になってもらっていれば、運命は変わっていたかもしれない。そう踏んでシシィナは植物園を訪れたのだ。

「立ち話もなんだし、応接室へ案内するよ。こんなところまでわざわざ足を運んでくれたのはなにか事情があるからだろう?」

シャルマ侯爵はシシィナのただならぬ様子を察し、声を潜めて尋ねてきた。

「はい」

シシィナは力強くうなずく。

シャルマ侯爵は受付嬢にお茶の準備をするように伝える。彼女は短く返事をすると奥の廊下へと消えた。

再びシャルマ侯爵がシシィナに向き直り、優しい声で言う。

「悪いけど私は済ませないといけない用事があるから、先に応接室で待っていてくれるかい？　この先を真っすぐ進んで右に曲がったところにあるから」

「わかりました」

人懐っこい笑みを浮かべるシャルマ侯爵は踵を返した。残されたシシィナは、教えてもらった道順に沿って応接室へ向かう。

エントランスホールから奥は同じ扉がずらりと並び、その脇にネームプレートがかけられている。

それらを眺めながら廊下を進んでいると、前方から青年がこちらに向かって歩いてくるのが見えた。結構な距離があるというのに、並々ならぬ気品が感じられる。

シシィナは目を凝らして、こちらにやって来る青年を観察した。

白のシャツに黒のズボンを履いているが、シャツの袖口には銀の刺繍と黒曜石のカフスがついていて洗練されている。さらさらとした白銀色の髪に彫りが深く整った顔立ちは美しく、長いまつげに縁取られたアーモンド形の目はすみれ色だ。

その瞬間、シシィナは舞踏会の日に出会った黒装束の男を思い出した。あの人の瞳も青年と同じすみれ色だった。この国ではこれほど澄んだすみれ色の瞳は珍しい。

（もしかして、同じ方なの？）

そう思ったと同時に、見覚えのある青年の顔にシシィナはハッとした。

（待って。あの方は、ルディウス・ハルベイン殿下だわ！）

シシィナは目の前に現れたルディウスに驚愕した。

彼はこのハルベイン王国の第一王子であり、次期国王として名高い人物だ。しかも王国一の魔法の使い手で、〝魔法伯〟という特別な称号まで持っている。

日常生活で魔法石を使う者は多いが、己の魔力を自在に操る魔法使いというのはほとんど姿を消してしまった。

ルディウスは数少ない魔法使いのひとりであり、そして王家が頼る専属の宮廷魔法使いすらも凌駕するほどの力の持ち主だ。

（だけど、どうしてルディウス殿下がここにいるのかしら？）

第一王子なら公務で毎日が忙しいはずだ。普通なら植物園にいるはずがない。

（もしかして、視察に来られているの？）

じっと観察していたシシィナだったが、我に返ると彼以外誰もいないかを確認し、慌ててブレスレットの魔法を解いた。茶色だった髪は、根元から毛先にかけて一瞬でもとのストロベリーブロンドへと戻る。

初対面かつ王族への挨拶で不敬を働くことはできないので、真の姿に戻ったのだ。

「ルディウス殿下、お初にお目にかかります。私はモンクレイフ公爵家のシシィナと申します。以後、お見知りおきを」

深々と頭を下げて自己紹介をした瞬間、ルディウスが足を止めた。

シシィナはゆっくり顔を上げるとたちまち首をすくめる。

その理由はルディウスが厳しい表情を浮かべ、鋭い眼差《まなざ》しを向けてきたからだ。どうしてかはわからないが、こちらを嫌悪しているような印象を受ける。

戸惑いつつも、それを表情には出すまいとシシィナは笑みを浮かべる。そして他愛もない話をしようと試みた。

「ルディウス殿下はこちらの植物園には視察でいらっしゃったのですか？」

なんとはなしに尋ねたところ、さらに機嫌を損ねたのかルディウスの眉間のしわが深くなった。

「植物園で魔法薬学の研究をしている……なにか問題でもあるのか？」

とげのある言い方にシシィナはとうとう面食らった。

（舞踏会の日に会った黒装束の人かと思ったけど違うみたい。だってあの人の雰囲気はやわらかかったから。今のルディウス殿下は、これまでの人生と比べても冷たいわ）

ルディウスは眉目秀麗な上に、誰に対しても温厚篤実で有名だった。物腰のやわらかさや言動も相まって、彼に秋波を送る令嬢は多い。セシリアもそのうちのひとりだ。シシィナはこれまでの人生――宮殿舞踏会で遅れてやって来たルディウスと何度か言葉を交わしたが、噂通りの好青年で印象もよかった。

こんなつっけんどんな態度を取られるのは初めてだ。

言葉を詰まらせるシシィナに対して、ルディウスが淡々とした声で言う。

「そんな目立つ髪色にせずともあなたの存在は認識している。事情があるのなら戻された方がいいのでは？」

たちまちシシィナは顔を真っ赤に染めた。

（不敬になると思ってわざわざ魔法を解いたのに。まさか嫌みを言われるなんて！）

憤りを覚えつつも言われた通り、ブレスレットを使って髪を茶色に戻した。

ルディウスを一瞥すると彼はシシィナを睨《ね》めつけていて、厳しい表情のままだった。

（どうして嫌われているの？　私、九度目の人生で会うのは初めてなのに）

ふたりの間に長い沈黙が流れた。話す気がないのならこの場から去ってくれればいいのに、ルディウスは一向に去ろうとしない。非常に居心地が悪い。

重たい空気に耐えかねてシシィナが口を開きかける。するとうしろから声がした。

「ここにおられたのですね、殿下。捜しましたよ」

振り返るとシャルマ侯爵と青年がこちらに向かってやって来る。どうやらルディウスを捜していたらしい。

シャルマ侯爵は一緒にいるシシィナを見て、ルディウスに紹介を始める。

「殿下、こちらはシシィナ・モンクレイフ嬢で私の親友の娘です。シシィナ嬢、こちらはご存じの通りルディウス殿下だ。忙しい中、私と一緒に魔法薬学の研究をしてもらっている」

魔法薬学とはその名の通り、魔法と薬学を組み合わせた薬作りを研究する学問だ。

魔法薬学を用いれば、けがを治すのに薬学では三日かかるところを一日で治すことができたり、薬学では治せない病を治すことができたりする。

非常に優れた分野ではあるがその技術は高度かつ複雑であるため、宮廷魔法使いレベルの人間がいないと研究の許可が下りない。

シャルマ侯爵の話が終わったところで、ルディウスが隣にいる青年に声をかける。

「ところでサイラス、どうかしたのか？」

サイラスと呼ばれた紅茶色の髪の青年は、大きな丸眼鏡をかけている。白衣を着ているのも相まって、いかにも研究者といった出で立ちだ。

「どうかしたのかじゃないですよ。実験の報告書を持ってくるようにおっしゃったのは殿下ではありませんか！」

「ああ、そうだった。手間をかけさせたな」

ルディウスが書類を受け取っていると、今度はシャルマ侯爵が口を開く。

「私は殿下に確認していただきたい書類がありまして――」

シシィナのときとは打って変わって、ルディウスはやわらかな空気をまとって対応している。

（……私とふたりでいたときとはあからさまに態度が違うわ）

嫌われている理由がまるでわからない、とシシィナは心の中で困惑する。

どこかでルディウスの機嫌を損ねるような真似をしたのなら、それについて指摘してほしい。そうすれば心から謝罪できるし、改善だってできる。

一方的に冷たい態度を取られるのはもやもやした。

三人が話し込んでいる傍らで、シシィナは今世のルディウスに苦手意識を持たずにはいられなかった。

話が終わり、ルディウスとサイラスのふたりと別れたシシィナは、シャルマ侯爵と一緒に応接室へと入った。

応接室は日あたりのいい場所にあり、大きな窓から一列に建ち並ぶガラス温室を一望できる壮観な場所だった。ローテーブルには受付嬢が用意してくれた茶菓が並んでいる。

ソファに座ったシャルマ侯爵が向かいに座るよう促してくれたので、シシィナは素直に腰を下ろした。

「少しばたばたしていてすまなかったね。殿下との仕事で立て込んでいたんだ」

「いいえ、お気になさらず。ここの皆さんが地道に実験や分析を繰り返して薬を開発してくれているおかげで、私たちの健康は支えられていますから」

「そう言ってもらえると日々努力しているかいがあるね」

自分の研究分野について好感を持ってくれたことがうれしいのか、シャルマ侯爵は満足げに口ひげをなでる。彼の人あたりのいい表情を見て、シシィナも日頃の張りつめた緊張の糸を緩めた。

「シャルマ侯爵がよければ、私のことはシシィと呼んでくださいませ。そして今日はお忙しい時間に突然約束もなしに訪問して、申し訳ございませんでした」

頭を下げると、シャルマ侯爵からすぐに顔を上げるよう告げられる。

「謝る必要はないよ。むしろ訪ねてきてくれてうれしい。私のことも親しみを込めておじさんと呼んでほしい」

シャルマ侯爵は結婚してはいるが子どもに恵まれなかった。きっとシシィナを自分の娘のように思ってくれているのかもしれない。

シャルマ侯爵はお茶を一口飲んでから話を切り出した。

「実はね、私は君や弟君を心配していたんだよ。今の公爵夫人から、君は心が病んでずっと別邸で療養していると聞いていたから。何度もお見舞いに行かせてほしいとお願いしたんだけど、気が触れてしまうからと断られた」

なるほど、そういうことかとシシィナは合点がいった。

これほど心配してくれているシャルマ侯爵がなぜ一度も訪ねてこなかったのか不思議に思ったが、どうやらハンナ夫人が原因らしい。

シャルマ侯爵が屋敷を訪れてしまえば、シシィナとエドモンドがひどい境遇にあることが露呈してしまう。だから彼女は、シシィナが社交界デビューできないよう周りに吹聴していた嘘の内容を使いシャルマ侯爵を遠ざけていた。どこまでも狡猾な人だ。

話を聞いたシシィナは色を正すときっぱりと否定した。

「そのお話は真実とは異なっています」

「ああ、そのようだね」

心が病んでいる人間がわざわざ単身で乗り込んでくるなんてありえない。来たとしても監視役がいるはずだし、まともに意思疎通ができるかどうかも怪しいところだ。

それにシシィナがわざわざ接触してきたことを考慮すると、助けを求めているのがわかるはずだ。

思惑通りシャルマ侯爵は、シシィナとエドモンドが公爵家でどういう扱いを受けているのか察してくれたようだ。瞳には悲哀の色が浮かんでいる。

話をするなら今がチャンスかもしれない。

シシィナは膝の上に置いている拳に力を込めた。

「おじ様、折り入って頼みがあるのです」

「なんだい？　私にできることならなんでも言ってくれ」

シシィナは真剣な面持ちで口を開く。

「どうか私をここで働かせてください。お願いします」

「……それは本気で言っているのかい？　君は公爵令嬢だぞ」

ハルベイン王国で貴族女性が就ける職は宮殿の女官や侍女、それから家庭教師くらいだ。王立機関で働くというのは前例がない。

シャルマ侯爵は植物園の園長で雇用の権限は持っているはずだが、貴族の女性を雇ったことが枢密院《すうみついん》などに露呈すれば懲戒処分、下手をすれば懲戒解雇になるかもしれない。立場を考えれば、雇ってくれる可能性は限りなくゼロに近いだろう。

それでもシシィナは一縷の望みをかけて話を続けた。

「実はエドモンドの体調が一年ほど前からよくありません。掃除でも雑用でもなんでもします。エドモンドの病気を治すには質のいい薬が必要なんです。私たちを目の敵にしているお義母様は頼れません。私がなんとかするしかないんです」

頭を下げたまま事情を説明するシシィナからは、シャルマ侯爵の表情が見えない。

長い沈黙が流れた。口ひげをなでているであろう腕の動きだけが瞳に映る。

助けたい気持ちはあるが一介の令嬢を易々と雇えない、といったところだろうか。

（やっぱり……無理なお願いだったかしら）

あきらめかけたそのとき、シャルマ侯爵が静かに口を開いた。

「公爵夫人の話や君から直接聞いた話を踏まえて、複雑な状況に置かれていると理解できる。働きたいという熱意も伝わった。君のその手を見れば働き者だとひと目でわかる。きっとここでも力を発揮してくれるだろう」

シャルマ侯爵はシシィナの荒れた手から、屋敷で働いていることを見抜いていた。

「では っ……！」

シシィナはぱっと顔を上げて期待に胸を躍らせる。

「だが雇うのは容易じゃない。先ほども言ったが君は公爵令嬢だ。どうしたって立場というものがつきまとう」

公爵は貴族の中でも最上位にあたる。爵位が下であるシャルマ侯爵のもとで公爵家の人間が雑用をするというのは体裁が悪いし、周りも気を使うため、結果として居心地の悪い職場環境になるのは必至だ。

多角的な面から検討してもデメリットしか出てこない。

シシィナは返事を聞いて落胆した。やはり雇ってもらうのは無理なのか。

うなだれるシシィナに、シャルマ侯爵は立ち上がって肩にぽんと手をのせてくれる。

「気を落とすにはまだ早い。シシィを雇う方法はひとつだけある。それは……ルディウス殿下の助手として働くことだ」

「ル、ルディウス殿下の助手ですか⁉」

シシィナが素っ頓狂な声をあげるとシャルマ侯爵は口ひげをなでながらうなずいた。

公爵家のさらに上の立場となるとあとは王族のみ。第一王子であるルディウスのもとで働くのであれば公爵家の体裁は保てるし、うしろ指を指されることはない。

そう考えて、シャルマ侯爵はルディウスの助手という仕事を提案してくれた。

シシィナは提案に感謝しつつも表情を曇らせた。

「殿下からお許しをいただけるでしょうか。ご本人に尋ねた方がいいのでは？」

思い出されるのは冷徹な眼差しとむき出しの嫌悪感。

先ほどの対応を思い出して、シシィナは望み薄だと悟った。万が一受け入れられたとして、そんな相手のもとで今後うまくやっていけるのか。想像しただけで胃が痛くなる。

それにルディウスはセシリアが恋い慕っている相手でもある。なにかの拍子で助手をしているのが彼女の耳に届けば、日頃のいじめがエスカレートするかもしれない。

懊悩《おうのう》していると、シャルマ侯爵が優しく言葉をかけてきた。

「心配いらないよ。殿下はお優しいから、事情を説明すれば聞き入れてくださる。それに最近、政務と研究の両方が忙しいから秘書官のサイラスも人手が欲しいと嘆いていたんだ。この話をすれば手放しで喜んでくださるよ」

にこにこ微笑むシャルマ侯爵は、座り直して用意されているお菓子の中からクッキーを一枚手にして口の中へ放り込む。

シシィナの屋敷で置かれた状況を瞬時に察知してもらってはいるが、お金が必要なもうひとつの理由を話していないし、心配をかけるだけなので話すつもりもない。

だが、〝事情〟はシャルマ侯爵が考えるよりももっと複雑なのだと打ち明けてしまいたくなる。

シシィナは喉の先まで出かかった言葉をお茶とともに流し込み、カップに視線を落としてじっと考え込んだ。

(仮に働かないままだとセシリアの銀貨に依存し続け、エドモンドの薬を買うだけで手いっぱいになる。逃亡資金は貯められない)

ルディウスには嫌われているし、まだ助手をしていいか許可を取っていないのでこの先どうなるか未知数ではある。しかし、これを逃せば働ける機会はなくなるだろう。

シシィナが取れる行動はひとつしかない。

(エドモンドを病気から救うためにも、私自身が生き延びて平穏な人生を送るためにも、やれるだけやってみないと……)

シシィナは握っている拳にさらに力を込め、シャルマ侯爵を見つめて言った。

「ぜひ、よろしくお願いします」

シャルマ侯爵はその日のうちにルディウスと話をつけてくれた。

意外にも、ルディウスはあっさり了承してくれたようで、翌日から助手として彼の執務室で事務作業をすることになった。

社交シーズンまっただ中の現在。ハンナ夫人とセシリアはお茶会やサロンなどの集まりで忙しく、昼間は屋敷にいない時間が多い。

これまでの人生では本邸でお茶会開催がほとんどだったので簡単に出歩けなかった。

しかし宮殿舞踏会でシシィナが庭園へ行っている間にふたりはナディア側妃と挨拶を交わしていて、気に入られたのか彼女のお茶会に頻繁に招待されるようになった。

ナディア側妃のお茶会は限られた人間にしか招待状が届かない。彼女に招待されるのは大変な名誉だと貴族たちの間ではもっぱらささやかれており、ハンナ夫人とセシリアは幾度となく自慢してきた。そのたびにシシィナは羨望と憧憬を抱いているように演じていたが、正直なところこれっぽっちも興味はない。

ふたりは今日もいそいそと宮殿へ出かけていく。これは今までの人生にはなかったが、おかげで気軽に植物園へ行けるようになった。

積極的に行動を変えて少なからず周りにも影響が出た。このままいい方向へ展開してくれるのを祈るばかりだ。

そして、ふたりのスケジュールはクロエが管理している。

逐一情報を入手できる環境下にあるので、シシィナは彼女たちの動向を把握できていた。朝は本邸の掃除をして、ふたりが出かけた後に植物園で働くというのがシシィナの日課になった。

「クロエ、エドモンドを頼んだわね」

「はい。お任せください！　シシィナお嬢様もお仕事がんばってくださいね」

見送ってくれるクロエに手を振って、シシィナは手首にはめているブレスレットの魔法石をくるりと回転させ、元気よく出勤した。


助手として働き始めて今日で一週間。

植物園での給金はそれなりによく、雇用契約書を交わしたときは本当にこの額で雇ってもらえるのか何度も確認したほどだ。さらに、ハンナ夫人とセシリアの目をかいくぐって屋敷を出るので、行ける日だけ植物園で働くという願ってもない好待遇だった。

仕事内容としては、書類の仕分けや実験結果に不備がないかのチェック、締め切りまでの書類が提出できているかの確認など多岐にわたる。そのほかにもルディウスが気持ちよく過ごせるように執務室を掃除したり、お茶の準備をしたりと、自分にできる仕事はなんでもした。今は雑巾で執務室の窓ガラスを磨いている。

支給された事務服は白のブラウスに紺色のリボンとフレアスカート。高い位置にまとめた髪は、ストロベリーブロンドのままだと目立つのでブレスレットの魔法は欠かせない。

窓ガラスを磨き終えたシシィナは、水を張ったバケツに雑巾を入れる。

「そろそろ、殿下が朝の政務を終えられてこちらにやって来る頃だわ。ひと息つけるようにお茶を用意しておきましょう」

綺麗になったばかりの窓を開けると、爽やかな空気が流れてくる。

掃除を終えたシシィナは腰に手をあてて、室内をぐるりと見回した。

広くもなく狭くもない執務室。入ってすぐの場所に、打ち合わせができるローズウッドのローテーブルと革張りのソファが置かれている。そのうしろには仕事をするための執務机がひとつ。さらにその右隣にはひと回り小さい正方形の机がひとつある。シシィナ用の机だ。

執務机の左隣にはずらりと棚が並んでいて、必要な資料本や採取した植物の種が入った瓶などが収納されている。壁紙は植物柄が入った淡い緑色で、瀟洒《しょうしゃ》で落ち着いた雰囲気があった。

シシィナは執務室の隣にある給湯室からティーセットを運んできて、お茶の準備を始める。直後に扉が開き、そちらを見ると、この執務室の主であるルディウスが姿を現した。

ルディウスは時間のほとんどを、ガラス温室に併設されている研究棟で過ごす。執務室へやって来ても必要な資料を持ってすぐに出ていくので、彼と接する機会は今のところ指で数えるほどしかなかった。

「こんにちは殿下。今日は快晴で気候もいいので、植物の成長には最適ですね」

「それはよかったな」

シシィナが気さくに話しかけるも、ルディウスからは冷たい返事が返ってくるばかりだ。初日からルディウスはずっとこんな調子で、そっけない態度が続いている。

それでもシシィナが負けじと声をかけると、不快そうに眉間にしわを寄せたり、顔を背けたりする。

シシィナはそのたびにやきもきした。

とはいえルディウスはセシリアの想い人だ。本音を言えば接触する機会は多くない方がいい。そう思う一方で、仕事上スムーズに彼のサポートができるよう、コミュニケーションはきちんと取っておくべきだという気持ちもある。

矛盾するふたつの気持ちを同時に抱えているせいで、ルディウスと接するたびにシシィナはひとり葛藤していた。

(どうしてルディウス殿下に嫌われているのかしら？　なにか気分を害したんだとしてもまったく身に覚えがなくて困るわ)

今世で彼と接触したのはこの植物園が初めてのはずだ。何度記憶を巡らせても、挨拶で粗相があったとは思えない。

シシィナが悶々としているのに対して、ルディウスがソファに座ってティーポットに手を伸ばした。

「あ、お茶でしたら私が淹れます」

「これくらい自分でやる」

「遠慮しないでください」

シシィナが慌ててそばまで寄っていくと、ルディウスは触れられたくないのか伸ばしていた手をさっと引っ込める。

「……申し訳ございません」

動作があまりにも俊敏だったので、シシィナは傷ついた。

「いや、気にするな」

すぐに弁解の言葉が返ってきたが、非常に気にする。

「あの。お茶を淹れるのは私の仕事のひとつですので。殿下はどうぞくつろいでください」

「わかった。そうさせてもらう」

ルディウスは短く言葉を切った後、ソファの背に背中を沈めた。

シシィナはローテーブルのティーセットに視線を移した。ティースプーンで茶葉を缶からポットに移し入れてお湯を注ぐ。ポットの蓋を閉じて蒸らし終えたら、琥珀色になったお茶をカップに注いだ。

「どうぞ、お召し上がりください」

前に差し出すと、ルディウスがソーサーごと持ち上げてカップに口をつける。

ふたりの間には沈黙が流れた。

（ああ、もう。どうしてこうも気まずいのかしら！）

笑顔の下でシシィナは頭を抱えていた。

これまでの人生では親切だったのに、なぜ九度目では態度がそっけなく嫌われているのだろう。ルディウスの顔を見るたびに悶々とした気持ちにさせられる。

打ち解けられる糸口が見つからずシシィナは困り果てる。

すると不意に、かわいらしい声が室内に響いた。

「ニャウン」

「あっ、アニス！」

窓枠に姿を現したのはすみれ色の瞳を持つ不思議な白猫・アニスだ。

宮殿で衛兵に追われて以降は一度も会っていなかったので、あれからどうなったのか気がかりだった。無事に宮殿から脱出したようで、元気な姿が確認できてシシィナは顔を綻ばせた。

アニスは窓枠から軽やかに床へ降り立つとシシィナの足下にやって来て、喉を鳴らしながら頬ずりをしてくる。なでろと言わんばかりに喉を鳴らすので、シシィナはしゃがんでアニスの背中を優しくなでてやった。

「少し毛が絡まってる。後で綺麗にブラッシングをしないといけないわね」

「ミャウ」

こちらの言葉を理解しているらしいアニスは、うれしそうにひげを上向きにして返事をしてくれる。

「アニスはいつだって神出鬼没ね。この間は宮殿の庭園で会ったのに。今日はどうしてここにいるの？」

疑問を素直に口にすると、ルディウスが代わりに答えた。

「アニスは植物園で暮らしているオス猫だ。とはいえ積み荷なんかに紛れ込んでいろんな場所を転々としているようだが」

黒装束の男から名前は聞いていたが、どうやら巷では有名な猫らしい。そして、性別はオスのようだ。

「そんなに転々としているんですか？」

「この間は南の森で姿を見かけた」

南の森といえば、ここから馬車でも三時間近くかかる距離だ。

シシィナは驚いて目を丸くした。

ルディウスの膝の上に飛び乗ったアニスは、今度は彼になでるようにと鳴いた。

ルディウスはアニスの要望に応えて頭の上を人さし指でなで始める。

「アニスはこの植物園をとても気に入っている。一職員として、珍しい植物を森から採集してくるんだ」

「えっ⁉」

シシィナは眉を上げた。

アニスが賢い猫だというのは感じてはいたが、まさか植物園に貢献しているなんて驚きだった。

「まあ、あなたにはなんの興味もないことだろうが」

ルディウスはシシィナを一瞥してぽつりと呟く。

シシィナはどうしてルディウスが自分を嫌い、そっけない態度を取るのかようやくわかった気がする。

シシィナは植物の知識が乏しいただの公爵令嬢だ。

ここは植物園で、植物を育てて薬を研究開発するための施設。

植物と薬の知識がない、爵位だけが取り柄の令嬢が働いていてはおもしろくないはずだ。さらに図々しくもコネを使っている。図太い神経の持ち主だと思われても仕方がない。

ルディウスは植物の基礎知識はさることながら、日々魔法薬学の研究のために心血を注いでいる。大事な職場を土足で踏みにじられた気分になっているだろう。

不快そうに眉間にしわを寄せるのも、態度がそっけないのも、原因はそれかもしれない。

シシィナは息を吸い込んでから居住まいを正した。

「植物について学び、一日でも早くルディウス殿下のお仕事をサポートできるよう勉強します」

シシィナが真剣な表情で意気込むと、ルディウスの美しく輝くすみれ色の瞳とぶつかった。

いつもは即座に視線を逸らされるのに今回は違った。驚いているような、それでいて喜んでいるような色を帯びている。しばらくふたりは見つめ合った。

やがて、ルディウスが後頭部に手をやってから顔を背ける。

「……サイラスが待っているから俺はそろそろ研究棟に行かなくては」

「あっ、はい。行ってらっしゃいませ」

ルディウスは、膝の上にいるアニスを抱えソファの上に移す。次に立ち上がって入口の上着掛けから白衣を引っ掴むと、一瞬でその場から消えてしまった。

残されたシシィナは、口を半開きにしてルディウスがいなくなった場所を見つめた。

「アニスのおかげで少しはルディウス殿下とお話ができたけど、やっぱり嫌われているみたいね。私が役に立つ人間だって証明できれば、ちょっとは態度も軟化するのかしら？」

給金が発生している以上は誠実に仕事をしたい。それに先ほど見つめ合ったとき、ルディウスは少なからずシシィナに期待してくれているような気がした。

「勘違いだって言われてしまえばそれまでだけど。でも、ぎくしゃくしたまま働くのは嫌だわ」

受け身のままではなにも始まらないし変われない。

失敗したっていい。うまくいかなくたっていい。

大事なのは挑戦すること。やらない後悔よりやる後悔だ。

「殿下との関係を改善するためにも、私が自発的に行動しなくちゃ」

今世では積極的に行動しようとシシィナは決意を固くした。

その後、アニスのブラッシングを終えてシャルマ侯爵のいる園長室へと足を運んだ。

植物の知識を身につけるためにどうしたらいいのか、助言をもらいに来たのだ。

シャルマ侯爵はシシィナが訪ねてきたと知ると快く中へ入れてくれた。

「仕事は順調かい？　なにかわからないことがあればいつでも私を頼ってくれ」

自慢の口ひげをなでるシャルマ侯爵は、シシィナがなにを求めてやって来たのか把握しているようだった。

見抜かれていることに気恥ずかしくなりながらもシシィナは口を開いた。

「おじ様、私には植物の知識がまったくありません。少しでもルディウス殿下やここで働く皆様のお役に立てるようになりたいのです。なにか、ためになる本を貸していただけないでしょうか？」

「いい心がけだね。それならいくつか参考書を見繕うとしよう」

シャルマ侯爵は本棚から二冊の本を手渡してくれた。薄くも分厚くもないちょうどいい厚みの本をパラパラとめくってみる。さっと目を通してみたら、用語の解説が細かく書かれていてわかりやすそうだった。

「さあ、そろそろ上がる時間だよ。明日からやるべき仕事がひとつ増えて大変かもしれないけどがんばってね」

「大変ではありません。知識のないまま仕事をする方が不安だったので、とてもありがたいです」

受け取った本を大事に抱きかかえ、シシィナは再度シャルマ侯爵にお礼を言った。

別邸に戻ったシシィナは、植物学の基礎が書かれた本を開いて早速勉強を開始した。シャルマ侯爵から薬草の項目を重視するよう言われたので、第一章を読み終えたところで薬草の解説が詳しい章を熟読する。

薬草学は思っていたよりも奥深く、薬草の組み合わせや薬草一つひとつにたくさんの効能がある。また薬草が育つ環境も様々で、単に日あたりと水はけがいい場所では育たない場合もあると初めて知った。

（今朝は殿下に『今日は快晴で気候もいいので植物の成長には最適ですね』なんて話

しかけてしまったけど、植物の品種によっては最適じゃないこともあるのね）
ルディウスが、ズブの素人の言葉に冷たい態度を取るのも無理はない。同時に自分の浅学をシシィナは恥じた。穴があったら入りたい。
「ううっ。恥ずかしくて仕方がないけど勉強しておかないと。助手として、殿下の顔に泥を塗るような真似だけはしないようにがんばらなくちゃ」

学んで得た知識は無駄にはならないと言い聞かせながら、シシィナはその後も時間があるときは植物学の本を読み進めた。

基本的にルディウスが執務室に顔を出すことはほとんどないため、シシィナは毎日訪ねてくるアニスの面倒を見ながら黙々と勉強に取り組めた。

アニスは植物園の職員が声をかけてもツンと澄ましているか、無視をしてどこかにいってしまう。一方、シシィナが声をかければそばまで寄ってきてくれるし、うれしそうな表情を見せてくれる。その結果、ルディウスの助手に加えてアニスのお世話係をシャルマ侯爵から拝命した。

勉強を始めてから数日が過ぎたある朝。

本邸での掃除を終え、朝食を済ませたシシィナは植物園へ出勤する準備を進める。

するとクロエが寝室に新しいシーツを届けに来てくれた。

「お嬢様、本日はセシリア様が本邸でお茶会を開催しますので外出は控えてください」

指摘を受けてシシィナはハッとした。植物学の勉強に夢中になっていたせいで、ハンナ夫人やセシリアのスケジュールが記憶からすっぽり抜け落ちていた。

シシィナは苦笑交じりに頬に手を添える。

「昨日クロエが教えてくれていたのに。うっかりしていたわ」

思い返してみると今朝の本邸は慌ただしかった。掃除はいつも以上に念入りに行われていたし、花瓶に生けられている花も、普段より豪華で色鮮やかだった気がする。

クロエに引き留められていなければ、今頃植物園へ向かっていただろう。そしてシシィナがいない間にふたりに呼び出されたら……。考えただけでも肝が冷える。

（植物園へ働きに出ていることがお義母様やセシリアにバレたら、逃亡計画が水の泡になるわ。働いたお金も取り上げられる。最悪の場合、見張りの騎士をつけられて別邸に軟禁されてしまうかも）

現状、エドモンドを連れてここから逃げるにはまだまだお金が足りないので、迂闊な行動は取れない。

とはいえ弟の体調を考えたら、早く空気のいい環境に移してやりたい。もっと稼がなければと思ったところで、シシィナは一抹の不安を覚えた。

（ここ数日はお義母様もセシリアも昼間外出をしていたけど、それはいつまで続くのかしら？）

ふたりが出かけなくなれば植物園で働く機会が減り、お金は貯められなくなる。危険を回避するためにもっと別の方法を考える必要がある。

シシィナは額に手をあて、これまでの人生でなにが起きたのかを真剣に思い出した。

（お金を増やすために役立ちそうななにかがあればいいんだけど……）

考え込んでいる間に、ベッドのシーツを取り替えていたクロエが思い出したように話しかけてきた。

「そういえば、シーツのほかに奥様からお下がりの服をいただいたのでお持ちしました。といっても、裾に大きなシミのあるブラウスなのであまり活用はできないと思います」

クロエが「いかがなさいますか？」と言って、遠慮がちにかごからブラウスを差し出してくる。

綺麗に畳まれているブラウスを広げると裾には大きなシミがふたつある。年代物のようでデザインは流行からはずれているが、前脇身頃に施されたビーズ装飾は丁寧かつ美しく、このブラウスが逸品だったことがうかがえる。

「クロエの言う通り、生地に大きなシミがあるから着られないわ。だけど、たくさんのビーズがついていて、とっても素敵。ばらせば再利用できるかも」

「では時間があるときにビーズと布に分けておきますね。私は本邸に戻ります」

クロエはブラウスを丁寧に畳んでチェストの上に置き、部屋から出ていった。

シシィナはクロエを見送った後、腕を組んで再び考え込む。

（ビーズ。ビーズね……）

頭の中で『ビーズ』という単語を繰り返す。先ほどから頭の中でずっと引っかかっている。それは今後の資金を貯める上で重要な鍵になりそうなものだ。

シシィナは呻《うな》りながら部屋の中を行ったり来たりして、これまでの人生で起きた内容を一つひとつ思い出していく。

やがて、ある光景が脳裏に浮かび上がると弾かれたよう目を見開いた。

「そうよ、ビーズ。……ビーズよっ‼」

それは植物園へ働きに行けなくても、別邸でこつこつとお金を稼げる方法。

どの人生においてもシシィナが身につける日はこなかったが、必ず流行していたことを思い出す。多くの女性を虜にし、あのハンナ夫人やセシリアさえも好んでたくさん購入していた。

（あれが流行るまでおそらくあと三カ月くらい時間はあるわ。今から準備すれば、いいものが作れるようになるかもしれない。……これは千載一遇のチャンスだわ！）

シシィナはチェストに置かれたブラウスのビーズをなでながら、期待に胸を膨らませた。

◇第三章　四季巡るガラス温室

植物園に働きに行けないときにできる仕事、それはビーズ織りを作ることだった。

ビーズ織りとは、ガラスビーズを敷きつめるようにして美しい絵や柄を生み出せる自由度の高い編み物をいう。

シシィナの母の出身地・ラノム王国においてガラス製造は主要産業で、伝統工芸品や装飾品のみならず、タペストリーやランプのインテリアとしても使用され国民に広く親しまれている。これがハルベイン王国で三カ月後に流行りだす理由は、ラノム王国から使者がやって来て、ビーズ織りの装飾品を女性王族たちに献上して絶賛されるからだ。

彼女らが火付け役となって女性貴族の間で一大ブームを巻き起こし、やがてそれは貴族から庶民にまで波及していく。

シシィナは小さい頃に母からビーズ織りを習っていたので、作り方を覚えていた。

ラノム王国のビーズ織りの編み方は少々複雑で、習得までに時間がかかる。

今からビーズ織りに専念すれば流行に乗ることができるし、初心者同然の自分でも少しはお金を稼げるかもしれないという期待が湧く。

「首尾よく事が運べば早めにここからエドモンドと一緒に出られるわ。計画を成功させるためにも、今からしっかり準備を進めておかなくちゃ」

シシィナがいそいそと向かった先は別邸の一階にある物置だ。ハンナ夫人によって母の遺品のいくつか——価値のないガラクタだと思われているものは別邸の物置に押し込められている。そこにビーズ織りに必要な道具もあると推測できる。

物置はクロエが定期的に掃除と換気をしてくれているが、中に入るとどこか埃っぽい。換気も兼ねて窓を開けてから、シシィナは目あてのものを探し始めた。

「小さい頃に見たきりだから記憶が曖昧だけど、道具が納められていたのはリーリオの花がデザインされた木製の箱だったわ」

微《かす》かな記憶を頼りに辺りを見回した。室内の奥にある棚の一番下にはそれらしい木箱が置かれている。近寄ってうっすらと積もっている埃を手で取り払うと、リーリオのデザインが美しい象嵌《ぞうがん》細工が現れた。シシィナの胸が一気に高鳴る。

木箱をテーブルの上に運び、蓋を開けてみたところ、そこにはビーズ織りに必要な専用織機に加えて針や糸、数種類のビーズが入っている。専用織機は両手に収まる大きさなので容易に持ち運べそうだ。

「よかった。処分されずに残っていたわ！　これでビーズ織りが進められそう」

そう呟いた途端、すっと胸が軽くなった。

自分の人生がループしていると知ったあの日から、心の中はずっと厚い雲に覆われて不安が常につきまとっていた。このままナイルズと結婚するまでに逃亡資金を集められるだろうか。エドモンドにもっと良質な薬を買ってあげられるだろうか。

心がそわそわして落ち着く日はなかった。しかし、ビーズ織りという新たな手段が見つかったおかげで、シシィナの中にひと筋の希望の光が差し込んだ。

植物園での仕事とビーズ織りが成功すればすべてがうまくいく。

「今度こそ、逃げきってみせるわ」

木箱の蓋の上に手を置いて固い決意を口にする。

シシィナは大事に箱を抱えると、物置を後にした。


植物園の仕事や勉強と並行して、記憶を頼りにビーズ織りの練習にも着手する。

意外と体は覚えているようで、専用織機を手で動かしてみると簡単に編めた。自分にこんな特技があったとは想像もしていなかったので、シシィナは心底驚いた。

しかし、まずは植物園での仕事を遂行できるようにならないといけない。

そのためには植物学の知識を身につけることに加え、魔法薬学についても学ぶ必要がある。

（おじ様から本を借りているけど、独学での勉強には限界があるわ）

いくら本で知識を吸収しても、現場では本に載っていない内容と多く接する。

シシィナは書類の確認に悪戦苦闘していた。渡される書類は魔法薬学に関するもので、わからない用語が目白押しだ。

書かれている文章はきちんと読めているはずなのに、内容が頭に入ってこない。同じ文章を何度も往復して、とうとうシシィナは音《ね》をあげた。

「そもそも魔法薬学自体きちんと掴めていないのよね。私には難しい内容なのかも」

弱音を吐くシシィナは頭を垂れた。

「魔法薬学は難しいのか？」

誰かの声が上から降ってきたので顔を上げる。すると目の前に、こちらを見下ろすルディウスが立っていた。

「殿下！　いついらっしゃったのですか？」

シシィナは慌てて居住まいを正す。

「わりと前からだが？　それよりも魔法薬学が難しいと言っていたが、なにがわからない？」

「そ、それは……」

忙しいルディウスの手をわずらわせたくないし、助手なのにこんなこともわからないのかとがっかりされたくない。シシィナが懊悩している間に、ルディウスが自分の席から椅子を引っ張ってきて隣に座る。

「魔法使いでない者が書いた本は説明が不足しがちだ。最初から俺が説明しよう」

ルディウスはシシィナから書類を取り上げると、魔法薬学について教えてくれた。

魔法薬は言葉の通り魔法と薬草をかけ合わせて作る薬で、十分な魔力を持っている魔法使いでなければ作れない。

言葉の響きからどんな病でも治す万能薬と想像されがちだが、魔法薬のくくりはそれだけではない。相手の心を手に入れるための惚れ薬や、若い頃の見た目に戻る若返りの薬などがあげられる。

とはいえ、ここは王立マリー・ベル植物園。欲に満ちた魔法薬研究は行われてはいない。ではいったいなんの薬を研究しているのか。

「俺が日々研究しているのは、悪意によってかけられた魔法を解くための薬――解毒薬だ」

「解毒薬?」

シシィナが聞き返すとルディウスが説明してくれる。

「魔法は基本的に魔法をかけた本人でなければ解けない。それを第三者が強制的に解くには解毒薬か、あるいは魔法をかけた魔法使いを倒す必要がある。例えば姿が変わる魔法をかけられたときや、なにもしていないのに笑い続ける魔法をかけられたとき。魔法をかけた本人が解くか死なない限り、かけられた人はそのままだ。便利でいいものとして思われがちな魔法は、時として害にもなる」

説明を聞き終えたシシィナは、ルディウスの奮闘する姿を垣間見たような気がした。

「すごいことをしていらっしゃるのですね。殿下は、素晴らしいです」

感銘を受けたシシィナは思わず身を乗り出してルディウスを称賛する。彼との物理的距離が一気に縮まった。

眉目秀麗な彼の顔が、目と鼻の先にある。その美しい容姿にシシィナの心臓が大きく跳ねた。シシィナは慌ててルディウスから離れる。

「で、殿下が魔法薬学を日々研究してくださっているおかげで、私たち国民はいざというときに対処できますね」

シシィナは取り繕うように言葉を紡いでルディウスを一瞥する。

どことなく彼の顔が赤いのは気のせいだろうか。

ルディウスは小さく咳払いをしてから口を開いた。

「そうだな。そうなるように、これからも研究を続けないといけない」

現状、魔法使いの数は減り衰退しているとはいえ、ルディウスを含む魔法使いたちが魔法薬学の研究を怠ってしまえば、悪意ある魔法使いが現れたときに対抗できなくなる。

魔法伯の称号を持つルディウスと植物園の園長兼研究者であるシャルマ侯爵が、互いに協力し合って開発している魔法薬。それがいかに大切であるかを、シシィナは思い知ったのだった。

「殿下のおかげで、魔法薬学の重要性がようやく理解できました」

シシィナはルディウスにお礼を言い、改めて確認書類に目を通す。するとどうだろう、先ほどよりも内容が頭に入ってくる。

うれしくなったシシィナは笑みを浮かべた。しかし、すぐにその表情には暗い影が落ちる。

（魔法薬で作られる万能薬は風邪や貧血のような一般的な病を治してくれるけど、重病や奇病には効かない。……願わくは、エドモンドが患っている奇病の特効薬が開発

されますように）

原因不明の熱と発作に苦しむエドモンドが一刻も早く快復するよう、シシィナは祈らずにはいられなかった。

ルディウスが教えてくれたかいがあり、シシィナは仕事内容をそれなりに理解できるようになった。

植物名や専門用語がわかるようになってきたので、サイラスから渡される書類の処理はずいぶん手際よくなった。その一方で魔法薬学の専門的な内容はまだ上辺しか理解できない。なんのために必要な書類なのか雰囲気は掴めるようになってきたが、まだまだ難しい。

「最初に比べれば大きな進歩ですよ」

そう言って励ましてくれるのはサイラスだ。

彼はルディウスの秘書官で、本来なら宮殿で文官を務める立場の人間。しかしルディウスが政務と並行して魔法薬の研究も行うので、彼自身も魔法薬学の研究に身を投じた。

表向きは殿下の仕事状況を把握するためだと言っているが、魔法薬学の研究を楽しんでいる節がある。現に今も、うきうきしながら実験結果をまとめている。

「ミスもずいぶん減ったし、書類整理も正確にできていますよ」

「褒めていただき、ありがとうございます」

サイラスの言葉を聞いてシシィナは面映ゆげな表情を浮かべる。

働き始めの三日間はミスを連発し、猫の手も借りたいほど忙しいサイラスの手をわずらわせてしまった。あのときよりも成長したという言葉を本人からかけてもらえて、これほどうれしいことはない。

(あとは殿下からも認めてもらえたらいいな)

シシィナはそんなことを思いながら本棚の整理をする。

するとちょうど扉が開き、ルディウスが執務室に入ってきた。

サイラスはルディウスの執務机に書類を置く。

「殿下、昨日の実験結果がまとまったので机の上に置いておきます。それとは別の結果報告書も今お持ちしますので、必ず目を通してください」

「わかった。いつも仕事が早くて助かる」

「では私は失礼します」

サイラスは扉の前で一礼してから執務室を後にした。

早速実験結果を読み始めるルディウスに、シシィナは声をかける。

「殿下、私も書類の確認が済みましたのでお渡しします」

「そうか。ではもらっておこう」

シシィナが書類をルディウスに手渡したところ、彼がおもむろに口を開く。

「……最近は植物の知識が深くなった。専門的な用語も理解できている。努力しているのだな」

一瞬なにを言われたのか理解が追いつかず、二、三瞬《まばた》きをした。

しばらくして褒められたことに気づいたシシィナは、笑みを浮かべた。

「この間殿下が教えてくださったおかげです。実は初日に、植物の知識があまりにもなかったせいで殿下に浅はかな言葉を口にしてしまったことを後悔していたんです。あのときはすみませんでした」

反省を生かして植物学の基礎と魔法薬学の基礎を無事に吸収できたシシィナは、シャルマ侯爵から一段階難しい本を借りて勉強を進めていた。いつか蓄積した知識が実を結び、役に立つ日がくることを願って。

「殿下のお役に立てるよう、もっと勉強して成長していきたいと思います！」

シシィナは拳をつくって胸の辺りで掲げてみせる。

するとルディウスがしばらくの間じっとこちらを眺めてくる。やがて、ハッとすると小さく咳払いをした。

「ところでその机の上にあるのはなんだ？」

「え？　植物学と魔法薬学の本ですよ」

「そうではなく、その隣にあるキラキラしたものだ」

ルディウスが指さす先にあるのは、小花柄のビーズ織りだった。白のガラスビーズをベースにして、水色と青色のガラスビーズで小さな花を表現している。

「これはビーズ織りで作った首輪です。アニスのために作りました」

シシィナは手のひらにビーズ織りをのせて、ルディウスにもよく見えるように差し出す。

「手先が器用なのだな。だがアニスは自由な猫だから首輪をつけない」

「それはそうかもしれませんが、もしかしたら……」

「絶対につけない」

なぜかルディウスは否定してくるが、気に入るかどうかはアニス次第だ。

「ニャウン」

ちょうどそこで折よくアニスが窓辺に現れた。

シシィナは両開きの窓を開けて彼を迎え入れる。

「アニス！　ちょうどいいところに来てくれたわ。あなたのために首輪を作ったの。白くて綺麗な毛並みにもあうように配色も考えたのよ」

シシィナがアニスの目の前に首輪を持っていき、見せてあげる。

アニスはピンク色の鼻をピクピクと動かして不思議そうにしていたが、最後は首輪が気に入ったのか、すみれ色の瞳を輝かせてうれしそうに鳴いた。

「この首輪をつけてもいいかしら？　調整金具にしてあるから首につけても苦しくないわ」

「ミャウ」

了承を得たシシィナは、アニスを抱き上げると自分の机の上に運んで下ろす。彼のうしろに回ってから、ビーズ織りの首輪を苦しくない位置で留めた。

もともと長毛種で白の毛並みが美しいアニスに、ビーズ織りの首輪をつけるといっそう品のよい猫になった。

持ってきていた手鏡を使って首輪がついた姿を見せたら、アニスはうれしそうに尻尾をピンと立てる。

「殿下、アニスが喜んでくれましたよ！」

シシィナが破顔して話しかけると、なぜかルディウスは口もとをゆがめていた。

「……そのようだな」

そっけない返事が返ってきたので、シシィナは笑顔を引っ込める。

自分の予想がはずれて少々不機嫌になっているようだ。

(相変わらず、距離の取り方が難しいわ)

シシィナがしゅんと肩を落として黙り込む。

ルディウスはアニスの首についたビーズ織りを観察しながら疑問を述べた。

「ビーズ織りというのはラノム王国の伝統工芸品で、魔除《まよ》けや招福の意味もあるとか。タペストリーやランプの装飾に使われているところしか見たことがないが、こういう使われ方もあるのか？」

「はい。気軽に身につけられる装飾品もありますし、ドレスのベルトとしても使われますよ。……ビーズ織りのデザインを工夫してハルベイン王国民に受け入れられたら、簡単に売ることだってできるのですが……」

「売る？」

「あっ、いえ。売るといっても商売目的ではなく。少しでも母の国との架け橋になりたいんです‼」

お金欲しさにやっているなんて口が裂けても言えない。それにこっそり働いていることがバレたら困るので、必死に弁解しておく。

横目でちらりと盗み見るとルディウスが怪しんでいるそぶりはなく、それよりも話を聞いて感心しているようだった。

「素晴らしい心がけだな」

「ありがとうございます。でも、私のセンスはまだまだです」

シシィナは自分がデザインしたビーズ織りに野暮ったさを感じてしゅんとした。

アニスは首輪を大層気に入ってくれたみたいだが、販売できる水準にはほど遠い。

実際、ループする前に見たビーズ織りにはどれも見惚れるような美しさと豪華さがあった。

「母の国では円や三角、ひし形といった幾何学文様が主流なので、ハルベイン王国民にはあまりなじみがありません。親しんでいただけるよう、刺繍のような植物の図案を考えているんですけど……難しいです」

シシィナは困った表情を浮かべると肩をすくめてみせる。

こういったものには洗練されたセンスが必要になってくるが、あいにくシシィナは持ち合わせていなかった。

「もっといろんなものを見て、デザイン力を養わないといけません」

シシィナがアニスの顎を優しくなでながら思いつめる。

ルディウスは考えるそぶりを見せた後、妙案が浮かんだというように指を鳴らした。

「それなら植物園の花を見て回ればいい。植えられているのは薬草が主だが、四季の花を植えているエリアもある。今から俺が案内しよう」

思いがけない提案にシシィナは戸惑った。

「えっ!?　ですがお忙しいでしょう?」

毎日政務と魔法薬学の研究でかなり多忙なルディウスを、私情で振り回すわけにはいかない。

いきなりの提案にシシィナが目を白黒させていると、ルディウスが腕を組んで口を開く。

「俺は基本的にずっと研究棟にこもっている。だから植物園でどんな花が咲いているかあまり知らないし興味がある。そしてあなたも植物を観察したい。利害は一致している」

なるほど。あくまで連れていくのはついでらしい。

納得したシシィナはうなずくと眉を上げた。

「それでは殿下。私を案内してください」

「ああ。こっちだ」

ぶっきらぼうな返事を返してくるルディウスだったが、案内してくれた。

ガラス温室は全部で六棟存在する。六棟のうち四棟は研究のための薬草が栽培されていて、少し離れた場所にある残り二棟は一般的な植物が植えられている。

研究機関ではあるがここは王国が運営する植物園だ。年に一度だけ数日間にわたって一般公開されるので、国民が楽しめるように整備されている。

ふたつのガラス温室の前は広場になっていて、真ん中には巨大な丸い花時計があり、ガラスのように透き通る花や雪の結晶の形をした花が植わっている。そのほか、花壇には多年草の植物が植えられていて、彩りを添えていた。

広場の植物は誰が手入れをしているのだろう。

シシィナは雑草が一本も生えていない花壇に感銘を受けた。

するとルディウスが見計らったように、職員の数人が息抜きにいじっているのだと教えてくれた。

「息抜きと言いつつ、職員の方たちの本気度がうかがえますね」

シシィナが美景に見とれている間に、温室の扉前にたどり着く。するとルディウスが、シシィナの目の前に手を差し出してきた。

驚いて手と顔を交互に見ていたら、ルディウスが焦れったそうに言った。

「温室と広場の間には段差がある。足もとに気をつけて」

言われて視線を下に向けると、ガラス温室の入口は広場よりも一段上がっていて、ルディウスから注意されなければ段差につまずいて転んでいただろう。

そこである記憶がシシィナの中で蘇る。

あれは二度目の人生で参加した宮殿舞踏会での出来事だ。

貴族たちの奇異の目にさらされて、シシィナがうつむくことしかできなかったとき。

『あなたはシシィナ・モンクレイフ嬢だな。体調が優れないと聞いていたが今日は大丈夫のようでよかった。さあ、顔を上げて。下ばかり見ていてはせっかくの衣装が台なしだ』

ルディウスはセシリアやハンナ夫人の冷淡な態度をよそに堂々と声をかけ、シシィナの目の前に手を差し出してくれた。

心が病んでおかしくなった令嬢だと煙たがらずに、普通の令嬢として扱ってくれた。

(殿下だけが普通に接してくれて、萎縮していた心が救われたわ。手を差し伸べてもらえてどれほどうれしかったか。……今世のあなたは知るよしもないでしょうね)

屋敷に戻ってから嫉妬に狂ったセシリアからひどい仕打ちを受けたけれど、あの温もりのおかげで耐えられた。

「どうした？」

ルディウスが不思議そうな表情でこちらを覗き込んできたので、シシィナは我に返った。

「あ、いえ、なんでもありませ……きゃあっ」

差し出された手に自身の手をのせようとして一歩前へ進んだところで、シシィナは足をすべらせる。

前のめりに倒れ込みそうになっていると、ルディウスの腕がシシィナを受け止めてくれた。腰に腕を回されて、しっかりと支えられている。

「ついでに言うと少々すべりやすいようだ」

「……っ‼」

シシィナは情けないやら恥ずかしいやらで涙目になった。顔を真っ赤にして唇を震わせる。

「も、申し訳ございません！」

シシィナはやっとの思いで声を絞り出し、ルディウスから離れた。

（なんだか少し前から、殿下の雰囲気がやわらかくなったような気がするわ。……これは私の勘違いかしら？）

シシィナはちらりとルディウスの表情を盗み見ると、すぐにその考えを改めた。

なぜなら、ルディウスがいつもの数十倍も不機嫌な表情をしていたからだ。

シシィナは心の中で『ひぃっ』と悲鳴をあげて震え上がった。

「次は、足もとに気をつけて歩いて」

「はいっ、気をつけます」

ルディウスの思考がさっぱり読み取れず、シシィナはよりいっそう混乱を極めるのだった。

ガラス温室に足を踏み入れた途端、眼前には幻想的な光景が広がっていた。

室内にはふたりほどが並んで歩ける幅の通路を挟んで、国内外から集められた花木がところ狭しと植えられている。ガラス温室という名称だが施設内部は四季ごとの気候に分けられていて、魔法で常に室温は管理されているようだ。

最初に足を踏み入れたのは冬エリア。室内は綿のような雪が舞っていて、雪深い山奥にしか咲かないアロラが植えられていた。オーロラのように輝く、ベルの形をした花で数個下向きについている。ルディウスが指先で花をつつくと、シャラシャラと不思議な音を鳴らす。光のあたり具合で緑色や青色に変色するのが幻想的だった。

生まれも育ちも王都であるシシィナはアロラを見るのは初めてで、思わず感嘆の声をあげる。

「本の挿絵で見たことはありますが、ここまで美しい花だったなんて。連れてきてくださってありがとうございます！」

興奮したシシィナはルディウスへ笑顔を向ける。

お礼を言われたルディウスは、シシィナを見つめながら表情を緩めた。

（さっきまで不機嫌だったルディウスは、シシィナ様も今は楽しそう。このアロラのおかげね）

ルディウスの雰囲気が和やかになったところで、シシィナはくしゃみをした。高揚感に浸っていたせいですっかり忘れていたが、ここは冬エリア。体はとっくに冷えていた。

シシィナが自身を抱きしめてぶるりと震えていたら、不意に肩にジャケットがかけられた。

「長居する気はなかったのにとどまってすまない。ひとまずこれを着ていろ」

シシィナはルディウスの行動に目を見開く。親切にしてくれるなんて思ってもいなかった。

ルディウスはアロラの隣に植わっている樹木に視線をやる。手の中に収まるほどの赤くて丸い実がひとつだけなっている。

それを摘み取ったルディウスは、シシィナの口もとに押しあてた。

突然の行動に戸惑っているとルディウスが説明を始める。

「このプリムノンを食べれば体の芯まで温かくなる。風邪をひかないためにも食べるといい」

「ありがとうございます。いただきます」

シシィナはお言葉に甘えて実を受け取ろうとした。なのに、なぜかルディウスはそれを指先でつまんだまま放さない。

食べないとでも思われているのだろうか。視線をルディウスに向けたら、早く口を開けろと目で訴えてくる。

(殿下が手ずから食べさせるなんて畏れ多いわ)

心臓の鼓動が激しくなり、顔に熱が集中する。

シシィナはルディウスに鼓動の音が聞こえていないか心配になりながらも、意を決して口を開いた。

プリムノンを一口かじったら、やわらかな食感と優しい甘さが口の中に広がった。

咀嚼して飲み込むと、ルディウスが言っていた通り体の芯からぽかぽかとしてくる。

「殿下のおっしゃる通り、体が温まりまし……」

最後まで言おうとしたのに言葉が途切れてしまう。なぜなら、ルディウスがためらうことなくシシィナのかじったプリムノンを全部食べたからだ。

「どうかしたか？」

「な、なんでもありません。それよりもジャケットをありがとうございました」

シシィナは羽織っていたジャケットを脱いでルディウスに渡した。

ルディウスの行為はいわゆる間接キス。そう思ったシシィナはさらに全身が熱くなった。

これはプリムノンを食べたせいだろうか。

（ルディウス様に他意はないわよ。実はひとつしかなってなかったんだし！）

シシィナは頭を振って考えを霧散させる。

プリムノンを食べ終えたふたりは、秋エリアへ向かった。

秋エリアでも見慣れない花がたくさん咲いている。冬エリアとは違って白色やピンク色、赤色など種類が豊富かつ色鮮やかなものが多く見ていて飽きない。

シシィナは美しい光景に感動していた。

（彩りが綺麗だし、ビーズ織りの図案にしたら映えるかも）

シシィナは花の前でしゃがみ込み、持ってきていたノートを開くと胸ポケットにさしていた鉛筆を手にしてスケッチを始める。

熱心に描き込んでいると、ルディウスがシシィナの横に立った。

「なにをしている？」

「ビーズ織りの図案に使えそうなのでスケッチをしているんです」

ルディウスはその答えを聞いてもなにも口にしなかった。

無言の圧力に耐えかねてシシィナが顔を上げると、ルディウスが口を開いた。

「装飾に使われている図案——つまり文様には寓意がある」

「寓意、ですか？」

突然振られた話の内容に戸惑いつつも、シシィナは話を聞く。

「ハルベイン王国の建築やインテリア、ドレスの装飾に使われている植物にはすべて寓意が存在する。国によって形は異なるが、文様というのは魔除けや招福のために施す一種のまじないだ」

「なるほど。文様にはそういった意味が込められていたのですね」

意味を教えてもらったシシィナは、なぜ同じ植物文様が時代を経てもなお装飾に使われているのか、その理由がわかった。

「それを考慮した上でビーズ織りのデザインを考えた方が効率はいいし、人目を引くだろう。むやみやたらにスケッチするのではなくてな」

小言を言いつつも、ルディウスの眼差しはどこか優しい。

「わかりました。なら、文様に使われている植物が多いエリアに行くべきですね」

シシィナは秋エリアを離れて春と夏のエリアへ移動することにした。

移動している最中、隣を歩くルディウスをシシィナは一瞥する。

ビーズ織りの図案を考えるのが楽しくてそればかりに気を取られていたが、ルディウスは楽しめているだろうか。

そんな不安が募ってルディウスの様子をうかがう。

すると心なしか、ルディウスの顔が楽しそうに見えた。

(魔法薬学の研究のために植物に詳しいだけだと思っていたけど、ルディウス殿下は心から植物自体を愛しているんだわ)

ここへきて、シシィナはルディウスの新たな一面を知ったのだった。

それからひたすら通路を進んでいくと、ガラスでできた扉が現れる。

「春と夏のエリアは花の種類が多く、ビーズ織りの参考にもなると思う。今から行くのは夏エリアだ」

　扉が開かれて中に入ると、秋エリアよりもぐっと温度が上がった。魔法のせいなのか、秋や冬のエリアと比べて日差しも強い気がする。

　最初に出迎えてくれたのは白色の大きな花、リーリオだった。

「リーリオの寓意を知っているか？」

　前置きをしてからルディウスが説明を始める。

　リーリオは泥水の中から立ち上がり、白い花を咲かせるので汚れを知らない清らかさがあると言われている。花の見た目から女性の可憐さを連想させるため、寓意としては『清らかさ』と『純潔の乙女』の象徴とされている。ハルベイン王国で身分関係なく親しまれている花のひとつだ。

「その昔、この花は平和の象徴としてハルベイン王国からラノム王国へ贈られた。今日まで友好関係が続いているのは、これのおかげかもしれないな」

「結婚式やお祝い事に使われているので祝福の意味があるとは思いましたが、詳しい意味やラノム王国との関係までは知りませんでした。なんだかとても新鮮です」

　今回の話はシシィナにとって知見を得るいい機会になった。

　早速ノートを開いてリーリオの特徴をスケッチしていく。鉛筆で線を描くたびに頭の中がクリアになり、イメージがむくむくと膨らむ。その上で役に立ったのは、母から教わった幾何学文様のパターンだ。

(リーリオを使った半円形の図案なんて素敵かもしれない。整然と並べて織っていくよりも動きをつければのっぺりとした印象から洗練された印象に変わるし、一体感が生まれるわ)

無事にスケッチを終えてシシィナは顔を上げる。するとルディウスが指をならし、目の前のリーリオが魔法で摘まれた。おそらく花を傷つけないための配慮だろう。

ふわふわと浮いたリーリオはそのままシシィナのもとにやって来て、右耳の辺りに挿し込まれる。

手をそっと伸ばしてみたら、そこにはリーリオが添えられていた。

突然の出来事にシシィナは声をのんだ。

「……っ⁉」

大きな目をさらに見開いて、隣に立っているルディウスを眺める。

ルディウスはいつものように眉間にしわを寄せる——が、すみれ色の瞳は慈愛に満ちているかのように穏やかだ。

「熱心なのは感心するが、このままだと春エリアにたどり着く前に日が暮れそうだ。

持ち帰っていいから次へ移動しよう」

ルディウスはシシィナの手首を掴み、次の参考になりそうな花の場所へと案内してくれる。言葉は相変わらずぶっきらぼうだがシシィナの手首を掴む手はとても優しい。

そのちぐはぐな行動にシシィナは再び混乱を極めた。

（嫌われているのに優しくされる理由がわからないわ。もうっ。ルディウス殿下の考えがちっとも読めない……！）

シシィナは前を歩くルディウスの背中を見つめながら終始うろたえるのだった。


その後もシシィナは美しい花たちのもとに案内され、たくさんの寓意を教えてもらった。

ルディウスは毎回花の寓意を説明しながらその花を一本、魔法で摘んでいく。

最初一本だった花は二本、三本と増えていき、最終的にひとつの花束になった。

ルディウスが魔法の言葉を詠唱すると空中に赤いリボンが現れ、くるりと花束の茎にくくりつけられる。

「屋敷へ持って帰るといい。その方がじっくり観察できる」

差し出された花束をシシィナは受け取った。

生まれて初めてもらった花束。色とりどりの花の中にはほんのりと発光しているものもあって、とても幻想的だ。

適当に摘んだとは思えないほど花には一体感があり、彼が考えながら花束を作ってくれたことがよくわかった。

花束を眺めた後、シシィナはにっこりと微笑んだ。ルディウスの行為の意味は図りかねるが、花束をプレゼントされて純粋にうれしかった。

「ありがとうございます。殿下のおかげでいいものが作れそうな気がします」

いつもならここでぶっきらぼうな返事をして視線を逸らすはずのルディウスが、真っすぐ見つめ返してくる。なにを思っているのかはわからないが、そのすみれ色の瞳は潤みを帯びていて、シシィナは吸い込まれそうになった。

「殿下、どうかされました?」

シシィナが首をかしげて名前を呼び、ルディウスはハッと我に返る。やがて、口もとに手をあてて咳払いをした。

「……あ、いや、なんでもない。これでひと通りの説明は終わった。あとはあなたの腕次第だ」

ルディウスは「執務室へ戻ろう」と短く呟いて、くるりと背を向けて足早に歩き始める——が、すぐに歩みを止めてこちらに振り返った。

「執務室に戻ったらシシィのお茶が飲みたい」

「……え？」

今、とてもうれしいことが起きた気がする。

シシィナは二、三瞬きして、ぱっと顔を綻ばせる。

さらりと告げられたので間の抜けた返事をしてしまったが、初めて愛称で呼んでくれたのだ。

「もちろんです！」

シシィナは胸がとくんと高鳴るのを感じた。そしてなんとも言えない高揚感がじんわりと広がっていく。少しだけ親交が深まったのは気のせいではないだろう。

花束を抱え直したシシィナは、ルディウスの隣に並ぶと一緒に執務室へ帰ったのだった。

＊＊＊

オレンジ色の陽が沈み、空が紫色から濃紺色に変わり始めた。

宮殿では明かりが次々とともり、エルメノの象徴のように宮殿を浮かび上がらせている。

植物園での研究を終えたルディウスは、夕方頃に宮殿に戻って政務に取りかかった。枢密院から届いた書類を確認し捺印する。あとは予算案に目を通せばようやく一日の業務が終わる。

「お疲れさまです殿下。お茶をお持ちしましょうか？」

うしろで控えていたサイラスが、捺印した書類を回収しながら声をかけてくる。

ルディウスは目頭をもんで短く返事をした。

「そうだな。頼む」

植物園にいるときは白衣を身にまとい、研究員らしい風貌をしているサイラスだが、今は官僚の制服をきっちりと着こなしている。

サイラスはルディウス専属秘書官であり、次期宰相候補のひとりとして有力視されている。それもそのはずで、サイラスはなにをやらせてものみ込みが早く、一度教えればすんなりとこなしてしまうのだ。

彼がルディウスの秘書官に選ばれたのも、その能力を買われたのが理由だ。

政務と並行して魔法薬学研究にも携わるルディウスの話に、ほかの秘書官はついてこられず、サイラスだけが理解してくれた。

「これで魔法が使えたらサイラスは向かうところ敵なしだな」

お茶を運んできたサイラスが苦笑した。

「またその話ですか？　私は知識に興味があるだけで魔法に興味はありません。私よりも殿下の方が向かうところ敵なしでしょう。王国一の魔法使いで、次期国王確実なのですから」

ルディウスは四年前、十六歳で受けた魔法試験で宮廷魔法使いのトップ、魔法長官の魔力をも凌駕する魔力持ちだと判明した。

時代とともに減りつつある魔法使いは、数百年前と比べてその魔力も衰えてきている。しかしルディウスが保有する魔力量は、全盛期の魔法使いに匹敵するものだった。

だからこそ周りはルディウスに期待する。

父である国王陛下はルディウスに魔法伯という称号を与え、本来ならば十八歳で成人を迎えてから国政に携わるところを異例の十六歳で参加させた。

彼らの期待に少しでも応えるように、ルディウスは黙々と国の仕事をこなしてはいるが、本当のところは違っていた。

（可能なら魔法薬学の研究をずっとしていたい。政治面ではなく、医療面で誰かを救

いたい）

ルディウスが魔法薬学に没頭するようになったきっかけは、母である正妃の父、祖父を亡くしたことから始まる。

祖父は名医や薬師が手を尽くしてもだめで、原因不明の病——奇病だと診断されていた。

しかし、宮廷魔法使いのトップである魔法長官の見立てではそれは奇病ではなく、呪毒による衰弱死だと判断された。

呪毒は体内に入れば赤紫色の蝶のような痣が首筋に浮かび上がり、作った人間の操り人形となって完遂するまで命令に従い、終われば自決する魔法薬。

希釈したものを与えれば痣は出ないが徐々に体は衰弱して死ぬという、ふたつの作用を持つ恐ろしい毒薬だった。

五年前から広がりを見せているが国民を混乱させないよう、国政に関わる一部の者しか知らない極秘情報となっている。

呪毒の厄介な部分は作り方が解明されていない点だ。万能薬や惚れ薬と違い、呪毒は魔法使いの間でもほとんど知られていない。

呪毒を作ればそれは闇魔法に該当し、ハルベイン王国や周辺諸国では固く禁じられている。作るだけでも罪となり、重刑か死刑に処されるため、魔法使いたちの間で扱う者はいなかった。

このような重い刑罰が法律で定められた理由は、百二十年前に強大な魔力を持ち闇魔法の研究にのめり込んだ魔法使いがいたことが原因だ。

呪毒を生み出した彼は、効果を確かめるため無差別にばらまいて大厄災を引き起こした。多くの人々が闇の魔法使いの手の上で転がされ犠牲になり、最後は名のある魔法使いたちが束になって闇の魔法使いを討ち、ようやく事態は終息した。

歴史を繰り返さないために、国々は魔法使いが書いた呪毒に関する本や資料をすべて燃やし、二度と厄災が起きないように手を打った……はずだった。

ところが百二十年経った今、再び呪毒が広まりを見せ始めている。歴史文献を読む限り、百二十年前の大厄災と同じ道をたどっているのだ。

特効薬を完成させる、あるいは作り手を殺さない限り終息する兆しは見えない。

かくして、祖父は帰らぬ人となった。呪毒で命を落とした最初の犠牲者だ。

百二十年前の為政者が、本と資料を燃やさずにどこかで厳重保管してくれたなら。

魔法薬学が発展して呪毒の特効薬が完成していたなら。

きっと祖父は助かっていただろう。

（いや違う。もう少し早く俺に魔力が発現して、魔法薬学の研究をしていれば）

悔しさからルディウスは歯がみする。

悲嘆したところで祖父は帰ってこない。自分と同じで悲しい思いをする人間を出さないためにも、ルディウスは時間が許す限り魔法薬学の研究を続けている。

特効薬が完成するそのときまで決してあきらめない。これは魔法伯の称号を与えられた自分に課せられた義務だと自覚している。

ルディウスは、鬱屈した気持ちをお茶と一緒に胃へ流し込んで口を開いた。

「サイラス、引き続き特効薬の手がかりになりそうな文献を探してみてくれないか？」

「承知しております。必ず糸口を見つけ出してみせます」

サイラスは一礼して、捺印済みの書類と空になったカップを銀盆にのせて執務室から出ていった。

ひとりになったルディウスは机に両肘をついて手を組み、その上に額をのせる。

『――どうした？　いつになく空気が重たいな』

どこからともなく声が響いた。ルディウスはゆっくりと頭をもたげる。

『疲れているのか？　仕事熱心なのは感心するが、体は大事にしろ。いずれ倒れるぞ。そもそもルディは、自分のキャパがどこまでなのかを把握できてなさすぎる』

心配してくれているのはありがたいが、疲れた体に小言はこたえる。

ルディウスは肩をすくめると口を開いた。

「心配しなくとも今日の仕事はもう終わっている——アニス」

椅子から立ち上がって執務机の向こう側を覗き込むと、赤い絨毯の上にアニスが佇んでいる。長い尻尾を緩慢に揺らしながら、アニスはすみれ色の目を細めた。

『いくらこの国で最強の魔法使いだとしても、油断はするな。体を壊せば寝首をかく輩《やから》が現れる』

「今いる執務室周辺は関係者以外結界で入れないようにしているし、裏切りがあっても魔法で返り討ちにするから大丈夫だ」

ルディウスを次期国王にと後押しする声は大きいが、もちろん中にはそれをよく思っていない者も存在する。

これまで幾度となく刺客を放たれたが、東宮にはルディウス自らが作った結界を張っているため簡単には侵入できなくなっている。

『若造のくせに生意気だな』

アニスはフンと鼻を鳴らした。

アニスはただの白猫ではない。彼はルディウスが契約した聖獣だ。

数百年前までは多くの魔法使いが聖獣と契約を結んでいたが、魔力量が多い者に限られるため、現代では稀有になったと聞く。そのため聖獣という存在は伝説となっている。

ルディウスがアニスと契約を結んだのは、四年前に魔法が発現した直後。気まぐれに魔力をたどってきたアニスが、ルディウスを気に入ってくれたのがきっかけだ。

魔法使いが聖獣と契約できることは喜ばしいことで、契約後は彼らの力を借りることができる。

また聖獣の言葉は契約者にしか通じないようになっていて、はたから見るとルディウスが一方的にアニスへ話しているように見えてしまう。

したがって、基本的に人がいないときにしかルディウスはアニスへの返事をしないように心がけている。

アニスの小言に区切りがついたと判断したルディウスは本題に入った。

「それで、俺が頼んでいた呪毒患者と呪毒の出どころの調査はどうなっている？」

ルディウスはサイラスに呪毒の特効薬の調査を、アニスに呪毒患者と呪毒の出どころの調査を頼んでいる。

アニスは机の上に飛び乗り、見聞きした内容を報告してくれた。

『……表沙汰にはなっていないが、着実に呪毒は広がっている。東宮以外のエリアには首筋に赤紫色の痣をつけた人間が増えてきているぞ』

「国王陛下の周りでは宮廷魔法使いたちが衛兵とともに常に目を光らせているから、累が及ぶことはないだろう。……だが呪毒の精度も上がってきているようだし、首謀者は何人操れば気が済むんだろうな」

ルディウスは眉間にしわを寄せた。事態は逼迫《ひっぱく》しつつあり、一刻も早く特効薬を完成させなければいけない。

『ルディ、呪毒の作り方はわかったんだろう？　なのにどうして解呪できないんだ』

呪毒の作り方は魔法薬と同じで作製者の魔力が基本となっている。魔法石で作れなくもないが、非力なためかなりの数が必要となり効率が悪い。

魔法書専門古書店や宮殿内の秘蔵書など、いろいろなところから情報をサイラスが紐解いてくれたおかげで、呪毒の作り方は少しずつ解明することができた。だがそれもあと一歩のところで行きづまりをみせている。

「基本的な作り方がわかったところで、大事なピースがまだ見つからないんだ。アニスは本当に呪毒についてなにも知らないのか？」

『聖獣は人間と比べて悠久の時を過ごすが、醜い争いは嫌いだ。それに聖獣は魔法薬なんてものを必要としない』

　アニスはあきれたような顔をする。

「それなら今回の呪毒の件で聖獣が絡んでいる可能性はないな？」

『ルディ同等の魔法使いなんてこの国にはもういない。聖獣は今の弱い魔法使いと契約なんてしないから、その可能性はゼロだ』

「呪毒で操られている人間はそれなりに多い。誰が裏で糸を引いているのか首謀者をあぶり出さないといけないし、彼らを救うための特効薬を早く開発しなければ。被害者はどんどん増える」

　茫洋《ぼうよう》としてはっきりと掴めない首謀者にルディウスは苛立ちを覚えて、内心舌打ちをした。

『私も微力ながら協力している。焦る気持ちはわからなくもないが、特効薬の開発は前よりも段階を踏んでいるようにみえる。そう気負うな』

　焦燥感を覚えているとアニスが励ましてくれる。

　続いてなにかを思い出したように、にんまりと笑った。

『まあ、今後はかわいい助手の力も借りてがんばればいいさ』

〝かわいい助手〟と言われてルディウスはドキリとした。それはシシィナのことだ。

アニスはルディウスに首輪が見えるようにわざと胸を反らした。

『どうだ？　シシィが私のために作ってくれた首輪は？　本人はまだまだだと言っているが悪くない。私はこれをとても気に入っている。おまえと違って素直だから毎日かわいがられている』

「……っ」

勝ち誇ったような表情を浮かべるアニスにルディウスはたちまち頬を引きつらせる。

『それじゃあ私は調査に戻るとしよう』

ルディウスをからかって満足したアニスは扉や窓を開けるでもなく、暗闇に溶け込むように部屋からいなくなった。

残されたルディウスは、アニスがいなくなった場所を眺めながら最近の出来事を振り返った。

モンクレイフ公爵に前妻の子どもがふたりいるのは知っていたが、詳しい話はあまり知らなかった。後妻の連れ子、セシリアとは何度も顔を合わせたけれど、会うたびに猫なで声で接してくるのではっきり言って苦手だった。

普段のルディウスはやわらかな笑みをつくり、誰にでも親切な人間を演じている。平等に優しくしていれば変に敵をつくらなくて済むし、勝手に向こうが好印象を持ってくれる。最初のうちは特別扱いされていると勘違いする令嬢も多かったが、ずっと同じ態度でいれば聡い者たちは察して身を引いていった。

（中にはセシリア嬢のようにいまだに勘違いする者も何人か存在するが、彼女たちが気づくのも時間の問題だろう）

ルディウスは秋波を送るセシリアを思い出して、苦い笑みを浮かべた。

そして次に浮かんだのは、同じモンクレイフ公爵家の令嬢シシィナだ。

「シシィナ・モンクレイフ。彼女は俺の心をかき乱すなにかを持っている」

独りごちるとルディウスは前髪をかき上げる。

シシィナと初めて会ったのは、幼い頃にモンクレイフ公爵家で開かれたお茶会だった。熱心に親交を深めず、彼女とはその後二、三回お茶会で顔を合わせる程度だった。

魔法伯となってからは魔法薬学の研究や政務で多忙となり、あまり社交の場にも出なくなったので会う機会はなかった。

だから宮殿の庭園で会ったのが数年ぶりの再会だった。相変わらず美しいストロベリーブロンドの髪に目を奪われ、別れた後で苦しい感情に襲われてわけがわからない事態に。そして再び植物園で出会ったとき、ルディウスの心の中はさらに激しい感情の嵐に襲われた。

愛おしさ、悲しさ、つらさ、切なさ。

何度も親交を重ねてきたかのような、言いようのない感情が次々とあふれてくる。感情を揺さぶられる。

植物園でシシィナは、挨拶をするためにわざわざ魔法を解いてストロベリーブロンドの髪色に戻してくれた。

それを目のあたりにして、頭で考えるよりも先に、髪色を茶色に戻すよう言葉がついて出た。なぜかはわからないが、あのままでは彼女が危険にさらされるような一種の危機感を覚えたからだ。

シシィナを見れば見るほど、冷静でいられなくなる。

こんな体験は初めてでルディウスは非常に困惑した。

（どうしてシシィを見ると、胸が引き裂かれそうなほど苦しい気持ちになるんだろう）

苦しい気持ちと同時に、彼女を見ていると泣きたい気持ちに襲われる。

悲しみからくる涙ではない——うれしさからだ。

彼女が生きているという喜びを噛みしめて、涙があふれそうになるのだ。

その理由がわからなくて、ルディウスは彼女が助手として働き始めた頃はうまくコミュニケーションが取れなかった。

目を合わせるのも難しく、手が触れるなどもってのほかだ。気を緩めたら抱きしめて離したくないという衝動に駆られる。眉間にしわを寄せてしまうのは、心の奥底からあふれてくる感情を必死に押さえ込んで耐えていたからだ。

近頃はようやくコントロールできるようになり、普通に接することができるようになってきたと思う。

シャルマ侯爵から聞いた話では、シシィナは公爵家で不遇な状況にあるようだった。それで密偵に調べさせたところ、彼女はハンナ夫人とセシリアからひどい扱いを受けているらしい。そして実弟エドモンドの看病の傍ら植物園に来ているようだ。

真剣に働く様子を見ていると、金銭的な支援をした方がいいのではないかという考えが頭をよぎる。

しかしシシィナはこっそり働きに来ているし、これがハンナ夫人とセシリアだけでなく貴族社会に露呈してしまえば、批判の的になりかねない。

髪色を変えてまで必死になっているのだから、彼女の意志は相当強い。下手に関与したところで彼女は喜ばないだろう。

だからビーズ織りの話を聞いたときは、これなら手を貸せると内心うれしくなった。植物なら、話しても自然だし手助けもできる。

かくしてルディウスはシシィナをガラス温室に案内した。ビーズ織りのデザインの参考になるよう寓意を説明したら、彼女は興味深げにこちらに耳を傾けてくれた。ルディウス自身もいつもより平常心のままでシシィナと親交を深められたように思う。とはいえ、やはり心のどこかでは言いようのない感情が燻っているのだが。

リーリオの花をシシィナの髪に挿したとき、彼女が生きていて自分を見つめてくれているだけで幸福感に包まれた。もう二度と失いたくないという気持ちが増していく。そして花束を渡したとき。シシィナが忽然といなくなってしまうような不安に襲われた。それと同時に、今度こそ絶対に守らなければという使命感に駆られる。

彼女を守り、助け出す——いったい、なにから？

「シシィを見るとこんなにも冷静でいられなくなるのは……以前になにかあったからだろうか？」

記憶の引き出しをひっくり返しても、そんなのはどこにも見あたらない。けれど、どこかぽっかりと穴があいているような気がして仕方がない。

誰かが意図的に記憶を操作したのだろうか？

その考えが頭に浮かんだ途端、ルディウスはあることに気がついた。

「……そういえば、以前読んだ古書に、聖獣は記憶を操作する個体もいると書いてあった。もしかして、それがアニスの特性だろうか？　だとしたらこの感情も泣きたくなる現象も辻褄が合う」

聖獣にはそれぞれ特性があり、契約者はその力の恩恵を受けられる。とはいえアニスに尋ねたところで、きっと彼は答えてはくれないだろう。

なぜなら特性には制約がついてまわる。聖獣には聖獣の制約があり、話せない部分も多く存在するのだ。

（もし特性と関係があるとわかったところで、俺が取る行動はひとつだけなんだろう）

ルディウスには本能的にわかっていることがひとつだけある。

それは今度こそシシィナを守り抜き、助けるということだ。

その思いだけは決して揺るがなかった。

◇第四章　マダム・シャルマント

シシィナは執務室にある自分の席で、せっせとビーズ織りに励んでいた。ここ数日は植物園の仕事が落ち着き、順調に品数を増やせている。

机の上には完成したばかりの色鮮やかなブレスレットがずらりと並んだ。

編んでいたビーズ織りの糸始末を終えて、完成したブレスレットの列に加える。

いったん休憩に入ってうーんと伸びをし、隣の机を一瞥する。

誰もいないのに、そこに腰を下ろす相手を思い浮かべて自然と口もとが緩む。

ガラス温室を案内してもらって以降、ルディウスの態度は軟化した。

それがうれしくて、シシィナは自然と笑みを浮かべてしまうのだ。

植物の知識を身につけたことにより、ルディウスの中で無教養で使えない助手から少々使える助手へと認識が変わったからだと考えている。

(前よりも仕事をする上でコミュニケーションを取れるようになったわ。これくらいの距離感でいられるなら仕事はやりやすいかも)

初めのうちはセシリアの想い人だからと、むやみやたらに警戒していた。

しかしよくよく考えてみれば、どの人生でもルディウスがセシリアとふたりきりで会ってはいなかったし、三人で会ったのだってナディア側妃の誕生日を祝う宮殿舞踏会だけだった。

また、助手として働くようになってルディウスは他人のことを触れ回る性格ではないとわかった。だから一定の距離さえ保っていれば、必要以上に警戒しなくてもいい。

「今世のセシリアはお義母様とナディア側妃のお茶会に招待されていて忙しいみたいだし、安心してここにいられるわ。……さて、次はどんな文様のビーズ織りを作ろうかしら」

シシィナは机に向き直ると、ピンクッションに刺していた針に手を伸ばす。

ガラス温室で植物を見て回った結果、シシィナのアイディアはめまぐるしく湧き続けている。あれからたくさんの図案を生み出し、様々なデザインを作り上げていた。

もうすぐ一大ブームを巻き起こすビーズ織り。それを見越してシシィナはいくつものブレスレットを準備していた。

（ルディウス様のおかげで前よりも素敵なビーズ織りが作れているわ。気持ちを込めて作ったからたくさんの人に喜んでもらいたい。……だけど、どうやって届ければいいのかしら）

現状、その方法がわからず行きづまっているので不安を覚える。

シシィナは机の上に並んでいるビーズ織りのひとつを手に取り、自身の腕につけた。淡い紫色をベースにして作ったリーリオのビーズ織り。陽にあたるとガラスビーズがきらりと光って存在感が出る。幅は太くしすぎると野暮ったくなるので、ビーズ織りが装いを引き立てるように試行錯誤して工夫した。

今の細めの幅がちょうどいいとシシィナは思っている。

「そういえば、文様には魔除けと招福の意味があるってルディウス様はおっしゃっていたわね。小さい頃にお母様も同じようなことを言っていたわ……」

魔除けと招福のまじない。ラノム王国で幾何学文様を用いるのは、まじないの効果を増幅させるためだと生前の母は話してくれた。

『よく聞いてシシィ。まじないの効果を上げるには幾何学文様以外に方法がもうひとつあるの。それは……』

そこで扉を叩く音がしたのでシシィナはハッと我に返った。

慌てて返事をすると、サイラスが中に入ってくる。

「シシィナさん、シャルマ侯爵が至急園長室まで来てほしいそうです」

「わかりました。すぐに向かいます」

至急とはいったいなんだろうか。

シシィナは呼びに来てくれたサイラスにお礼を言い、急いで園長室へ向かった。

「おじ様、シシィです。ご用件はなんでしょうか？」

園長室の扉を叩くと、自慢の口ひげをなでながらシャルマ侯爵が出迎えてくれた。

「今日は君に紹介したい人がいるんだ」

「紹介したい人ですか？」

シシィナは室内へ視線を向ける。手前にある革張りのソファに女性の姿があった。

たっぷりとした黒髪を結い上げた、橙色の瞳を持つ夫人。見知らぬ人物にシシィナは疑問符を浮かべた。

「紹介しよう。私の妻、アイラだ」

アイラと呼ばれた女性は立ち上がって挨拶してくれる。おっとりとした優しい雰囲気に包まれた彼女が微笑み、室内はよりいっそう朗らかになる。

シシィナは一礼して挨拶する。

「はじめましてアイラ夫人。シシィナ・モンクレイフです。いつもおじ様には大変お世話になっています」

「こちらこそ主人がいつもお世話になっているわ。……顔立ちは母君に、目の色は父君にそっくりね」

シャルマ侯爵同様に生前の両親とは親しかったようで、アイラ夫人は感慨深そうに目を細めた。それからシシィナに近づいて両手を取り、ソファに座るよう誘導する。

その際、シシィナが腕につけていたビーズ織りのブレスレットがきらりと光り、アイラ夫人の目に留まった。

「あらっ！　とっても美しいわね。初めて見る装飾品だわ」

アイラ夫人が興味深そうにブレスレットを凝視してくるので、シシィナはビーズ織りがどういうものなのかを説明した。

「よろしければお近づきの印に受け取ってください」

ブレスレットの留め具をはずしてアイラ夫人の手首につけた。夫人の着ているドレスが青色なので、淡い紫色のビーズ織りはよく映える。

リーリオの柄は夫人の清楚なイメージにぴったりだ。

「とてもお似合いです」

「ふふっ。ありがとう」

アイラ夫人は少女のようなかわいらしい笑みを浮かべた。

つられてシシィもにこにこと笑みを浮かべる。

そこでアイラ夫人がブレスレットを指の腹でなでながら思案顔になる。

「ビーズ織りって母君の出身国、ラノム王国のものよね。だけど、こんな洗練されたデザインは初めて見たわ。今度友人の誕生日プレゼントとして贈りたいから、どこで売っているか教えてもらえないかしら？」

シシィナは頬をかきながら「実は」と話を切り出した。

「それは私が作ったんです。おっしゃる通りラノム王国は幾何学文様のデザインなので、王国民に親しんでもらえるよう改良して作りました。もう一本ご所望でしたらご用意します。ちょうどたくさん作っていたところなんですよ」

「たくさんあるの？」

「はい。数種類あるのでぜひ選んでください。すぐにお持ちしますね」

ほかのデザインや色味が知りたいだろうと思い、シシィナはルディウスの執務室へいったん下がるとこれまで作ったビーズ織りブレスレットすべてを持って戻ってきた。

リーリオ柄以外にも、ガラス温室で見せてもらった花を参考にたくさんの図案を取り揃《そろ》えている。

それらを眺めるアイラ夫人は、これまでとはまったく違う貫禄のある雰囲気をまとい始めた。隣にいるシシィナの背筋が自然と伸びる。

「ビーズ織りでこのデザインはとても珍しいわ。ガラスビーズは太陽光にも明かりにも反射するときらめくから、つけていて男女問わず目を引きそうね。こんなにたくさん作っているのなら、試しに私のお店で販売してみない？」

「えっ⁉」

思いがけない提案に、シシィナは口を半開きにした。

（『私のお店』って、アイラ夫人は商売をしているの？）

シシィナの反応を見たアイラ夫人は、腰に手をあてて挑むような口調で言った。

「実をいうと趣味でお店を経営していてね。『マダム・シャルマント』って知らない？」

彼女が口にした店名は、社交界では超がつく有名人気店。

商業地区の大通りに店があり、流行のドレスや装飾品を用意するなら必ず立ち寄る場所だ。

ハンナ夫人もセシリアもその店を大層気に入っていて、ふたりのご用達でもある。

店名を耳にして、シシィナはさらに口をぽかんと開けた。

胸を張るアイラ夫人は、その様子を眺めながらさらにつけ加えた。

「最近、正妃様を筆頭に、宝石をドレスにたくさん使うのは贅沢であり税金の無駄遣いだという声があがっているの。ラノム王国のガラスビーズは宝石より安価な上に、それに匹敵する輝きを持っているから必ず流行るでしょう。ね、あなた？」

話を振られたシャルマ侯爵が口ひげをなでながら力強くうなずいた。

「そうだな。君の目に狂いはないから必ず人気になるだろう」

「ですが私は素人も同然ですよ？　目の肥えた貴族たちが手に取るとは思えません」

シシィナは首を縦には振れなかった。

アイラ夫人が経営するのは貴族ご用達の名店だ。したがって、店頭に並ぶのは熟練の腕を持つ職人たちが作り上げた芸術的な装飾品ばかりだ。

粒ぞろいの品々の中に素人お手製のビーズ織りを置くなんて見劣りがする。シシィナだってそんな中に自分の作品を置かれるのは気後れする。

（完成度が違いすぎて私の作品なんてかすんでしまう。こんなの畏れ多いわ……）

願ってもない提案のはずなのに尻込みするシシィナ。

すると、アイラ夫人がシシィナの肩に手を置いて真剣な眼差しを向けてきた。

「言い忘れていたけれど、大通りの店とは別に新しい店を開く予定なの。新人作家の作品を売るというのがコンセプトだから、あなたが不安がる要素はまったくないわ」

「新人作家といっても私のような素人の作品を受け入れてもらえるのでしょうか……」

アイラ夫人はシシィナの不安を吹き飛ばすような明るい笑みを浮かべる。

「私の直感を信じて。ラノム王国のビーズ織りは家族のために作る品だから、手作り感があった方がいい効果をもたらすと思うの。これは絶対に人気になるわよ」

アイラ夫人の言い分は一理ある。ラノム王国ではお守り的な意味合いが強く、どの家庭でも妻や娘が家族のために編むものとされている。そこに素人玄人という垣根は存在しない。

「主人からは事情があると聞いているから、作者を聞かれても名前は伏せておくわ。その代わりと言ってはなんだけど、うちと独占契約をしてくれるかしら？　それからあなたに支払うお金だけど――」

アイラ夫人の説明は丁寧で、商売の知識が乏しいシシィナにもわかりやすかった。そしてありがたいことに、当面の間は材料費まで肩代わりしてくれるという。

「なにからなにまで本当にありがとうございます」

「新人作家を支援するのは私の務めだと思っているわ。あなたのビーズ織りは素敵だから投資したくなったの。これからよろしくね」

アイラ夫人がブレスレットのついた方の手を差し出してくれたので、シシィナはその手を強く握った。

すべての交渉が成立して、シシィナはブレスレットをアイラ夫人に渡してから園長室を出た。なんだか夢を見ているみたいでまだ現実味がない。

確実に売れるかはこれからなのでわからないが、ひとまずビーズ織りを人々に届けるという問題はクリアできた。

その喜びからついついシシィナの口もとが緩む。

「なんだかうれしそうだな」

「ルディウス様！」

真横から声がして、見ると白衣姿のルディウスが研究棟から戻ってきていた。

植物園を巡った日から、シシィナは彼を『ルディウス様』と呼んでいる。殿下呼びは仰々しいからやめてくれと本人から要望を受けたためだ。たしかに『ルディウス殿下』と呼ぶよりも『ルディウス様』呼びの方が親近感が湧く。

「なにかいいことでもあったのか？」

「はい！　実は――」

シシィナは、ビーズ織りブレスレットをマダム・シャルマントで販売してもらえる報告をした。

話を聞いたルディウスも破顔する。

「おめでとう。毎日こつこつとがんばっていた努力が無駄にならなくてなによりだ」

「ルディウス様がガラス温室へ私を連れ出してくださったおかげです。本当にありがとうございました」

面映ゆげな表情を浮かべるシシィナは、ルディウスの両手に抱えられている書類が目に入る。

「半分お持ちしましょうか？」

「いや、大丈夫だ。大事な書類だから自分で運ぶ」

ルディウスはシシィナの隣に並んで一緒に執務室へと向かって歩みを進める。ファイルに綴じられているので書類の中身はわからないが、相当重要なもののようだ。表紙には関係者しか開けられないように魔法の鍵がつけられている。

「前から気になっていたのですが、ルディウス様はシャルマ侯爵と一緒になんの解毒薬を研究されているのですか？」

「あまり詳しい内容は言えないが、俺は呪毒の特効薬の研究をしている」

「呪毒……」

その単語は魔法薬学の本に書かれていたので覚えている。初めて見たときから、字面に恐ろしさを感じていた。

禁断の薬だと説明があるだけで、呪毒を飲めばどうなるのか具体的な記載はなく、魔法薬学でなければ治せないとしか記されていなかった。

ルディウスたちは本にもほとんど書かれていない、難題に挑戦しているようだ。

シシィナが腕を組んで考え込む中、ルディウスが口を開く。

「あまり首を突っ込まない方がいい。誰かにこの会話を聞かれないよう今は俺たちふたりの周りに結界をかけているが、別のところでこの話をすれば命を狙われかねない」

「狙われっ……わかりました。今のお話は誰にも言いません」

さらりと恐ろしい発言をされて、シシィナは口もとを手で押さえた。

周りを見回すとしっかり結界が張られているのだろう、すれ違う職員たちはルディウスに一礼するだけで普段通りだ。その様子にシシィナはホッと胸をなで下ろした。

執務室に帰り、最初に視界に入ったのは革張りのソファの上ですぴすぴと鼻を鳴らしながらうたた寝をするアニスだ。

そしてローテーブルには、シシィナが事前に準備しておいたティーセットが置いてある。疲れを取ってもらうためにお茶を淹れ、ルディウスの前に運んだ。

ルディウスは執務机の上に書類を置いてソファに座り、お茶に口をつける。

「相変わらず、シシィが淹れてくれるお茶はおいしい」

「喜んでいただけてうれしいです」

　いっぱい練習したかいがあったとルディウスの喜ぶ姿を眺めながらシシィナは思う。

　実を言うとお茶を淹れるのはあまり上手ではなかった。しかし、助手をするにあたって必要なことだろうと思い、お茶の淹れ方をクロエに伝授してもらいひそかに練習していたのだ。

「あなたも一緒に飲もう。いつものお礼も兼ねてとっておきを持ってきている」

　ルディウスは人さし指と中指を動かして、魔法で棚から小皿とフォーク、それからガラスのディッシュカバーがされたケーキスタンドを空中に浮かべて運んでくる。

「食べるといい。疲れが取れるはずだ」

　机の上に置かれたケーキスタンドには、つやつやと輝くきつね色のアップルパイがあった。ディッシュカバーを取ったと同時に、四角いアップルパイから爽やかなシナモンと甘酸っぱいリンゴの香りが漂ってくる。

　シシィナはお言葉に甘えてアニスの隣に座った。

　ルディウスが指をくるくると動かせばアップルパイが小皿に盛りつけられ、フォークと一緒にシシィナの前へと運ばれる。

　魔法を見たシシィナは興奮しながら手を合わせた。

「やっぱり、魔法使いの魔法はすごいですね。この間の花束のリボンのときも思いましたが、意のままに魔法を使えるのは便利です」

花束にリボンが結ばれる情景を思い出して、シシィナは瞳を輝かせた。

一般人でも魔法道具を使うことはできるが、魔法石ひとつでの用途はひとつに限られる。シシィナは髪色を変える魔法道具しか使えないので、制限のない魔法使いにはおおいに憧れがあった。

「魔法使いの魔法は自由自在で実用性が高い。しかしその反面、常に責任がつきまとう、厄介な一面もある」

ルディウスは魔法で自分の小皿にもアップルパイをのせ、フォークで刺して口へと運ぶ。その様子がシシィナにはどこか疲れているように見えた。

そして含みのある言葉を聞いて気づいた。

ルディウスはハルベイン王国でも稀に見る魔力量の持ち主で、魔法薬学にも精通している。博覧強記《はくらんきょうき》であるために周りからの期待はとても大きい。

一般的には王子殿下が政治に参加できるのは成人を迎える十八歳になってから。しかし、魔法と勉学の両方で急速に頭角を現したルディウスは、十六歳から政務に就き、官僚たちと議論を行うようになった。

彼の発言ひとつで、魔法ひとつで、大きな力が働く。国が動く。

水面に石を投げると広がる波紋のように、その力はどういう形であれ必ず周りに影響を及ぼす。

先ほどの言葉はルディウスの本音であるような気がした。

（期待と責任。重圧の中でルディウス様は闘っているんだわ）

シシィナはフォークに伸ばしかけていた手を引っ込めてうつむいた。

公爵令嬢であるシシィナは、必要最低限の教養を身につけてはいるものの、政治経済、薬学に関する学びを受けていない。

出しゃばったところでなんの役にも立たないと頭では理解している。

それでも、彼の助けになりたい。重圧から解放されるよう、力になりたい。

少なくとも植物園にいる間だけは、助手としてルディウスを支えたいと強く思った。

「ルディウス様には、私の想像の範疇を超える責務があります。魔法が便利だなんて上辺だけを見た発言をして申し訳ございません」

シシィナは頭を下げて謝罪して、それからおもむろに顔を上げた。

正面にいるルディウスへおずおずと視線を向ける。

するとルディウスは目を見開いてじっとこちらを凝視していた。

「そんなふうに言われたのは、初めてだ。いつもあたり前と思ってこなしていたから」

ルディウスはすべてがあたり前で、仕方がないものだと割りきっていたらしい。だが、シシィナからしてみればそれは普通ではない。

「疲れたときはおっしゃってください。私でよければ助手としていつでもお手伝いします。お茶だって淹れさせていただきます」

シシィナが真剣に伝えるとルディウスはうれしそうに目を細める。

続いて、穏やかな笑みを浮かべてお茶をすすった。

「あなたが淹れてくれるお茶はとても気に入っているんだ。――疲れを取ってくれる癒やしの存在がそばにいるというのは、心が温まるものだな」

最後の発言にシシィナはきょとんとして首をかしげた。

(癒やしの存在がそばにいる？　それってアニスかしら？)

シシィナは隣で眠るアニスをちらりと見る。

ルディウスの執務室にシシィナが働きに来るようになってから、アニスが頻繁にやって来ているという話は有名だ。政務と並行して魔法薬学の研究に励むルディウスにとって、アニスの存在は最高の癒やしであるようだ。

「癒やしの存在がそばにいることは大事ですよね。アニスの来る回数が多くなるように、私もできるだけ働きに来ます」

両拳を胸の辺りで掲げて意気込むシシィナに、ルディウスは困ったような笑みを浮かべた。


アイラ夫人の店でビーズ織りブレスレットの販売を始めてから二週間が経った。

結果として、シシィナが作ったブレスレットの売れ行きはまずまずだった。

これまでにないビーズ織りとハルベイン王国独自のデザインの組み合わせは、ファッションに敏感な夫人や令嬢たちの目を引くものがあったようだ。

しかし、まだ爆発的な人気が出るまでにはほど遠い。

もっとお客様に喜んでもらえる商品を生み出さなくては。

一難去ってまた一難。

現実の厳しさを痛感したシシィナは、新たな問題発生に頭を抱える。

「そういえば、今日はお義母様とセシリアが本邸で過ごす日だったわね」

朝の掃除を終えて別邸に戻ったシシィナはぽつりと不満を口にする。

ビーズ織りの悩みを忘れるために植物園で黙々と仕事に打ち込みたかったのに。今日は出られそうにない。

ため息をついたシシィナだったが、気を取り直してエドモンドの部屋に向かった。

「おはよう、エドモンド。体調はどうかしら？」

「姉様、おはよう。薬のおかげで前よりマシだよ」

シシィナを迎えてくれるエドモンドは、以前よりも幾分か血色がよくなっている。

植物園でこっそり働かせてもらっているおかげで高品質な薬が買えるようになった。奇病ではあるが、既存の高品質な薬は彼を蝕んでいる苦しみをずいぶんと和らげてくれている。

少しずつ体調がよくなっていくエドモンドの姿を見て、シシィナは喜びを感じていた。あとはこの屋敷から出ていくための逃亡資金を集めるだけだ。

エドモンドに薬を飲ませた後シシィナは再び寝室へ戻り、机の引き出しから資金計画ノートを取り出した。ノートを開き、人さし指で文字を追って計画金額と実際の収入を見比べる。そこにはまだ差があった。

「うーん、まだ足りないわね」

シシィナの心に不安がとめどなく押し寄せてくる。

ナイルズに婚約を申し込まれるまでにお金を貯められるだろうか。できなければ、またあの恐ろしいクロストン家の屋敷に閉じ込められる。

恐怖と苦痛に耐える日々。ナイルズの狂気をはらんだ瞳。

それらの記憶が頭の中に流れ込んできて、背筋にぞくりと寒気が走る。

シシィナはぎゅっと目をつむると頭を振った。

(ビーズ織りはまだ改善の余地があるはずだし、流行りだすのだってもう少し先。焦らずに今できることに取りかからなくちゃ)

ノートをもとの場所にしまい、机の隅に置いているリーリオがデザインされた木箱を引き寄せる。

ブレスレット作りに集中しようと意気込むものの、このまま同じようなものを作り続けるだけでいいのだろうか。もっと評判を上げるためには、一度手を止めて再考しなければいけないような気がする。

「なにか、アイディアはないかしら……」

考え込むシシィナだが、座っているだけではなにも浮かびそうもない。

席を立ち、なにかヒントになりそうなものはないかと徘徊し始める。そして気づけば一階の物置に足が向かっていた。

「ここに来てもとくになにもないだろうけど……」

ぽつりと呟きながらも室内をじっくり観察しながらシシィナは奥へと進んでいく。

するとそこで、棚に置かれている小物入れに目を留めた。

「……これは、幼い頃に私が使っていたものだわ」

七歳くらいまで使っていたが、成長したシシィナにはかわいすぎるため父が使っていたものと取り替えてくれた。行方がわからなくなっていたがここにあったようだ。

シシィナは懐かしい気持ちになり、ついつい手に取って蓋を開けてみる。

すると中から、かわいらしいリボンのついた髪留めが出てきた。

ピンク色のオーガンジーの生地で、結び目の部分には幾何学文様もなにもないシンプルなビーズ織りが添えられている。

「これは昔、私がお母様と一緒に作ったビーズ織りの髪留めだわ」

懐旧の念を抱きながら髪留めを見つめる。

すると不意に、シシィナの頭の中に新たなアイディアが浮上した。

「……そうよ。これと同じように髪留めを作ればいいんだわ。これなら材料だってブレスレットとさほど変わらないから今からでも作れるわ」

手に取る人の喜ぶ姿を頭の中に浮べる。それと同時に懐かしい声が聞こえてきた。

『よく聞いてシシィ。まじないの効果を上げるには幾何学文様以外に方法がもうひとつあるの。それは、私の家に伝わる古代語を使って相手の幸せを願い編むこと。あなたには私と同じように魔力があるから、古代語の詩とビーズ織りの編み方は忘れずにいてね。それはいつか、あなたの大切な人を幸せにしてくれるはずだから』

ビーズ織りを編み終えたシシィナに向かって、母はそんな言葉で締めくくった。

ラノム王国のビーズ織りには魔を払い、幸せを呼ぶためのまじないがかけられる。

かの国でも魔法使いは減ってきているが、わずかながら魔力を持つ王侯貴族は存在する。母もそのうちのひとりで、シシィナにもまた少しだけ魔力があるのだと教えてくれた。

新緑の訪れを喜び吹いていく風のようにその記憶はシシィナの心の中を通り過ぎる。

さらにその後で、母が古代語で詩を詠いながら針を刺す姿が流れ込んできた。

(今の生活では使っていないけど、私にはお母様と同じように少しだけなら魔力があるんだった)

シシィナは髪留めを人さし指でひとなでする。幼い頃に母と編んだビーズ織りの髪留めは、魔力こそ込められていないが何気ない幸せな日々の思い出が詰まっていた。

「……ありがとうございます。お母様から学んだ大切なことを思い出しました。私も誰かの幸せを願ってビーズ織りを作ります」

シシィナは再び寝室に戻り机に向かう。そして初心に返る気持ちで、古代語の詩を詠いながらビーズ織りの髪留めを作った。詩はふたつあった気がするが、覚えているのは相手の幸せを願うものだけ。

詠い始めたシシィナの顔の周りに青白く光る粒がほんのりと浮かぶ。光の粒は繰り返し集まっては離れながら、いくつもの蝶へと姿を変えた。

蝶はゆらゆらと羽ばたきながらシシィナの動かす針へ飛んでいき、糸に溶け込むように消えていく。

髪留めをつける人が幸せになりますように。幸せな日々を送れますように。

一針一針丁寧に願いを込めていく。

花をモチーフにした立体的な髪留めは花びらの部分を小さめのガラスビーズで、花びらを支える萼《がく》となる部分はそれより大きめのガラスビーズで編んでいく。

花だけでは味気ないのでその下にレースを重ねてつけると、華やかさもあるかわいらしい髪留めが完成した。

「できたわ！」

姿見の前に立って髪留めの大きさを確認する。左側頭部にあててみるとちょうどよかった。

鏡に映る自分を見て、シシィナはなんとなく右耳上辺りに触れてみる。無意識だったが、そこは先日ガラス温室でルディウスがリーリオの花を挿してくれた位置だった。

スッと挿されたリーリオは開花したばかりで、甘い濃厚な香りを放っていた。

その香りの記憶に誘われるように、シシィナはガラス温室でのルディウスの表情を思い出す。眉間にしわを寄せて厳しい顔つきなのに、すみれ色の瞳は穏やかで慈しみの色を帯びていた。

思い出した瞬間、なんだか恥ずかしくなって顔に熱がこもるのを感じた。

（どうして顔が熱くなるの？　ちょっと優しくされただけだし、あのときのルディウス様は私が時間をかけすぎていたからリーリオをくれただけ）

ただ、すみれ色の瞳と同様に彼の手つきは優しかった。ナイルズよりも繊細で慈しむような温もりが感じられた。

（そういえば、日に日にルディウス様の態度が軟化して優しくなっている気がするけど。ただの勘違いかしら）

心の中で呟いた途端、とくんと心臓が跳ねる。続いてきゅうっと苦しくなるような不思議な感覚がしてシシィナは混乱した。

（もうっ。私ったらどうして変に意識しているの？　ルディウス様に他意はないわ！）

ルディウスはもともと誰にでも親切で優しい人だったではないか。八度の人生ではいつだってシシィナに優しかった。今世は最初に嫌われていたせいで、変な勘違いをしていると結論づける。

やはりルディウスに他意はない。

シシィナはトクトクと速くなった心臓を服の上から押さえ、深呼吸を繰り返す。それでもなかなか収まらなかったので、髪留め作りに精を出した。


黙々と手を動かし髪留めの数が十数個になったとき、扉を叩く音と同時に「シシィナお嬢様」とクロエが声をかけてきた。

シシィナはそこでやっと手を止めた。

「クロエ？　いったいどうしたの？」

「どうしたもこうしたもないですよ。お昼になっても全然下りてこないので心配になって伺ったんです！」

あきれ返るクロエを見て時計の針を確認する。

彼女の言う通りお昼の時間はとうに過ぎていた。昼食を取るのも忘れて夢中で髪留めを作り続けていたらしい。

「ちょうど作り終えたところなの。それでね、この髪留めをお店に持っていってほしいの。オレンジ色はアイラ夫人にプレゼントだと言って渡してちょうだい」

できあがったすべてを大きな箱に詰め、あとはクロエに頼んでこっそりマダム・シャルマントへ持っていってもらうだけだ。

クロエは大きな箱の中に収まっている十数個の髪留めを一瞥した後、腰に手をあてて息を吐いた。

「シシィナお嬢様。がんばっているところ水を差すのは申し訳ないですが、どうか根《こん》を詰めすぎないでくださいませ。倒れるのではないかと常々ひやひやしています」

「まあっ、クロエったら大げさだわ」

「大げさじゃないですよっ！」

頬を膨らませて怒るクロエを見てシシィナはクスリと笑う。

言われてみれば、たしかにおなかは空いているような気がする。

シシィナは裁縫道具を片づけて椅子から立ち上がった。それからこっそりポケットに忍ばせていた髪留めを手のひらにのせて、クロエの前へ持っていく。

「いつもお世話になっているクロエに感謝を込めてこれを贈るから、機嫌を直して」

「わ、私なんかがいただいてもよろしいのですか？　あ、ありがとうございます！」

クロエは感激した様子で大事そうに髪留めを受け取ってくれた。黄色い花の髪留めは彼女の赤髪に映えるだろう。

いつにも増して満面の笑みを浮かべるクロエに、こちらも作ってよかったと達成感が胸に広がっていく。

仕事中で髪にはつけられないため、クロエは大事にポケットへとしまった。

「さあ、食堂へ移動しましょう。うんとおいしいお茶を淹れますね」

「わあ、それはとってもうれしいわ」

髪留めが入った箱を抱えるクロエに連れられて、シシィナは部屋を後にした。


それからしばらくは屋敷を抜け出すことは叶わなかった。

ハンナ夫人とセシリアが外出し、ようやく植物園に向かえたのはクロエに髪留めをプレゼントしてから五日後だった。

たった数日ぶりの出勤だというのになんとも懐かしい気持ちになる。

更衣室で事務服に袖を通し、給湯室でお茶の準備をしてから執務室へ向かう。

中に入ると、ルディウスとサイラスが研究中の魔法薬の実験結果について話し込んでいた。

手前の革張りのソファには、アニスがちんまりと丸くなり寝息を立てて眠っている。

しかしシシィナに気づいて起き、「ミャウ」と鳴いてくれた。

鳴き声が聞こえたのか、ふたりが同時にシシィナの方へと振り向く。サイラスは実験結果の資料を小脇に抱え、シシィナに挨拶をして部屋から出ていった。

ルディウスは椅子から立ち上がって優しい眼差しを向けてくれる。

「数日空いてしまい申し訳ございません。すぐ仕事に取りかかりますね」

「あなたの侍女から連絡をもらっていたから問題ない。よく来てくれた。早速だがこの書類をまとめてくれ――と言いたいところだが、まずはシシィのお茶が飲みたい」

「そうおっしゃると思って準備してまいりましたよ」

「さすが。手際のいい助手だ」

ルディウスとの間で繰り広げられる、何気ない日常。

仕事をしに来ているのになぜかホッとする。

(不思議。生まれ育った屋敷よりもここにいるときの方が私らしくいられる気がする)

息が詰まりそうになるモンクレイフ家よりも、ルディウスやアニスがいるこの空間がシシィナにとってしっくりくる。それはここが自分らしくいられる場所だから。

心から安心できる場所。使用人たちから冷たい態度を取られない場所。ハンナ夫人とセシリアに怯えたり萎縮したりせずに済む場所。

屋敷で過ごしているときと比べて植物園で仕事をしたり、ビーズ織りを編んだりしているとあっという間に時間が過ぎていく。

ひと仕事終えて上がる時間になったので、シシィナは帰り支度をして執務室を後にする。

(今日は書類の中でわからない単語がたくさんあった。ルディウス様に聞けば教えてくれるとは思うけど、それだと身につかないわ。後でおじ様のところに寄って本を借りないと。……居心地のいい場所を与えてくれたおじ様やルディウス様のためにもがんばらなくちゃ！)

廊下を歩いて先を急いでいると、うしろから声をかけられた。

「ごきげんよう、シシィ」

足を止めて振り向いた先に、お付きの侍女を連れたアイラ夫人が立っていた。

「アイラ夫人、ごきげんよう。本日はどうされましたか？」

アイラ夫人がここへ訪れる理由の大半はシャルマ侯爵に会うためだ。今回もそうに違いない。

シシィナが推測しているとアイラ夫人が口を開いた。

「今日はあなたに用事があって来たのよ」

「私にですか？」

すっと目を細められてシシィナはドキリとした。

これはビーズ織りに関する話以外ありえない。

売れ行きが悪くなっているのだろうか。それとも商品に不備があってクレームが発生して、お店に迷惑をかけたのだろうか。

言いようのない不安に襲われて押しつぶされそうになる。

シシィナは固唾をのんで次の言葉を待つ。

真顔のアイラ夫人は、おもむろに頭を動かして手を伸ばした。

きっちり結い上げられた彼女の髪のサイドには、シシィナがプレゼントしたオレンジ色の髪留めがつけられていて、髪色になじんでいる。

早速つけてくれてうれしい。しかし、アイラ夫人の表情が崩れないのを見て、心に浮上した喜びはすぐに奥底へと沈んでいった。

場の空気に耐えられなくなったシシィナはとうとううつむいて、スカートをぎゅっと握りしめる。

するとそこで、アイラ夫人が言った。

「素敵な髪留めをありがとう。商品用の髪留めを一品一品確認させてもらったけど作り込みが丁寧に仕上がっていたし、デザイン性だけじゃなく商品の幅も増えて感心するわ。それでね」

アイラ夫人は一拍おいてから話を続けた。

「この髪留めが爆発的な人気を博したのよ！　たった二日ですべて完売したわ‼」

シシィナが顔を上げると、破顔するアイラ夫人が「おめでとう！」と手を叩く。

「え、ええっ！」

予想していなかった内容に、シシィナは驚きのあまり目を見開いて素っ頓狂な声をあげる。

発売からたった二日で完売するなんてありえるだろうか。

（ビーズ織りが流行るまでにまだ時間はあるはずなのに……これは夢なの？　信じられない！）

目を白黒させるシシィナに、アイラ夫人が両手を優しく握ってくれる。

「髪留めを買ったウベール伯爵令嬢がつけた途端、ずっと片想いしていた相手から求婚されたそうなの。それだけじゃないわ。彼女と一緒に髪留めを買ったハリス子爵令嬢も、想い人の騎士と縁談がまとまったそうよ。ずっと子爵から結婚を猛反対されていたらしいけど許してもらえたんですって！　髪留めを買って恋が成就した話を、ふたりが行きつけのサロンで話していたら、それを耳にした令嬢たちが買いに来てくれたの」

シシィナが作った髪留めには、つけた人が幸せになるまじないがかけられている。最初に買ったふたりの令嬢の幸せは好きな相手と結ばれることだったらしい。これにより、髪留めには恋が成就するという話が流れ、恋守りとして急速に令嬢たちの間で広まっているようだ。

「髪留めを買ったほかの令嬢からも恋が実ったという話を聞いたわ。あと店員から、ブレスレットも残りわずかになっていると報告を受けているわよ」

「まさかそんなに喜んでいただけるなんて……」

「それだけじゃないわ。髪留めの入荷はいつなのか問い合わせがたくさん来ているの」

流行に敏感な社交界。皆が我先に品を手に入れようと躍起になる。なかなか手に入らないものであればさらに付加価値は高まる。

ビーズ織りはマダム・シャルマント以外では売られていない。ましてや女性受けするデザインはどこを探してもないだろう。

「勝手な真似をして申し訳ないけれど、問い合わせがひっきりなしにくるから予約注文を始めさせてもらったわ。もちろんあなたが一週間で作れる範囲を計算して受けつけたから、そこは安心してちょうだい」

人気店を二店舗経営しているだけあって、客への対応は細やかで迅速だ。

アイラ夫人の手腕にシシィナは舌を巻いた。

なぜならウベール伯爵令嬢はアイラ夫人の姪。つまり、令嬢に髪留めを勧めたのはアイラ夫人だろう。

（サロンで髪留めを宣伝してくれた令嬢もそうだけれど、夫人の力添えがなければここまでビーズ織りが話題にはならなかったわ）

自分を気にかけてくれていると改めて実感し、胸が温かい気持ちでいっぱいになる。

シャルマ侯爵とアイラ夫人には感謝してもし足りない。

シシィナは瞳を潤ませながら頭を下げた。

「ご助力に感謝します」

「私にできるのは宣伝くらいのものよ。その人が買うか買わないかはシシィの腕にかかっている。きっとビーズ織りの魅力が令嬢たちに響いたんでしょうね」

アイラ夫人はぱちりとウィンクした後、今後の流れについて話をした。

「次の水星の日までに作ってもらえるかしら？　お客様もきっと喜んでくださるわ」

「はい。お任せください」

「最後にこの小切手を渡すわね」

「小切手？」

差し出された小切手を受け取って目をぱちぱちと瞬いてから首をかしげる。

そこには植物園で働いている給金よりも多い金額が記されていた。

「ビーズ織りの売上から材料費や諸経費を引いたあなたの取り分よ。現金だとかさばるし、なにかと不便だと思ってね。これなら公爵夫人にもバレないでしょう？」

「えっ⁉」

シシィナは目を見張った。今日は驚かされる話ばかりだ。

シシィナは改めて小切手に視線を落とす。

間違いなくこれはビーズ織りで稼いだお金だ。次回は前回納品分よりも数が多くなるから、さらなる売上が見込めるだろう。

（これだけ稼げるなら短期間で目標資金が準備できる。エドモンドの薬ももっといいものが買えるし、予定より早く屋敷を出られるわ）

逃亡計画実現の目処が立ち、興奮から小切手を握る手が震える。

ここまで来られたのはすべての原点であるシャルマ侯爵のおかげだ。

彼の助けがなければ植物園で働けなかったし、アイラ夫人を紹介してくれなければお店にビーズ織りを置いてもらえなかった。

（おじ様には助けてもらってばかりいる。これまでの人生のようにおじ様が悲劇的な運命をたどるのだとしたら、必ず救いたいわ。今まで与えてくれたものが大きすぎて命を救うだけじゃ足りないかもしれないけど。　彼が幸せな人生を送れるようにがんばらなくちゃ）

死因はどの人生も同じで、研究中に負ったけがが原因だ。十分に手あてを行わなかった傷口から土に生息する菌が入り込み、ひどい感染症を引き起こしてそのまま帰らぬ人となった。

最初の段階できちんと傷口を手あてしていれば、発症リスクは減らせる。

だからシシィナは、八度目のループの際にけがの手あての方法を習得した。

（当面はおじ様の命を守るのが私の使命ね。……ナイルズ様との婚約を回避してエドモンドが元気になったあかつきには必ず――）

シシィナは、自分を支えてくれているシャルマ侯爵が元気でいる姿を思い浮かべるのだった。

◇第五章　招福と呪詛

昨日の朝から降ったりやんだりしていた雨は、今朝になってずっと降り続いている。モンクレイフ家の中庭にある大きな池では雨粒が水面に模様を描いているし、濡れた石畳の小径にはへこんだ部分に水たまりができている。

それでも、日々の営みを繰り返している小鳥やリスは雨にも負けず元気に活動していた。

(同じ人生を繰り返しているのに、天気だけは毎回違う気がするわ。季節を感じる余裕さえ前までなかったけど)

本邸の玄関の隅で靴磨きをするシシィナは、最後の一足を拭き終わって窓の外の灰色の雲を眺める。

小鳥やリスはあんなに溌剌《はつらつ》としているのに、雨を見るとシシィナの心はどんよりとした気分になる。というのも、雨の日はハンナ夫人が不機嫌になりやすいからだ。

頭痛持ちのハンナ夫人は大抵雨になるといつもよりつらくあたってくる。昨日からずっと、重箱の隅をつつくような小さな掃除のミスで本邸に呼び出されている。数時間に及んで説教され、揚げ句の果てに仕事を言いつけられるのだ。

今朝は靴磨きを言いつけられた。セシリアもそれに便乗してか、自分の靴も磨くように言ってきた。それもわざと泥にまみれたブーツを指さして。

当然ながら魔法道具は使わせてもらえないので、すべて手作業だ。

(雨の日はお義母様が外に出歩きたがらないから植物園へは行けない。仕事も言いつけられるからビーズ織りの作業も進まないわね)

靴磨きが終わった後も難癖をつけていじめてくるに違いない。そう思うと、自然と口から深いため息がこぼれ落ちた。

最後の一足を磨き終えたので、シシィナは別邸に戻る。

「エドモンド、薬を飲む時間よ」

エドモンドの薬を煎じ、蜂蜜を混ぜて部屋まで運ぶのが日課となっている。

「姉様、ありがとう」

エドモンドは上体を起こしてシシィナから薬を受け取った。そして煎じたばかりの薬をこくこくと飲んでいく。

「体調はどうかしら?　今日はなんだか顔が赤いわね」

シシィナは眉尻を下げて、エドモンドの額に手のひらをあて熱を測る。

エドモンドはやんわりとその手をよけると微笑んだ。

「これくらい平気だよ。薬を飲んで安静にしていればよくなるから」

薬を切り替えたおかげでエドモンドの容態は少しだけよくなっているが、それでも微熱は続いている。

体はつらいはずなのに気丈に振る舞うエドモンドを見て、シシィナはそれ以上追及できなかった。

「……我慢しないでね。またいい薬があれば持ってくるから。今はゆっくり休んで」

シシィナはエドモンドが飲み終わったカップを受け取って部屋を後にした。

こちらを心配させないよう一生懸命振る舞うエドモンド。そんな姿を見て、一刻も早く名医のところできちんとした治療を受けさせてあげたいと思う。

「お金が貯まったら、人目につかない静かな場所で暮らしましょう。こうなったら少しの空き時間も無駄にせず、できるだけビーズ織りの作業を進めないと」

カップを厨房に運んだ後、シシィナが独りごちて玄関の前を通ったとき、入口脇に置いてあった水晶がチカチカと光りながらシシィナのもとに飛んできた。水晶は魔法道具で、本邸と別邸で連絡ができるようになっており、呼び出したい相手のもとへ光りながら飛んでくる。

普段なら様子を見に来るクロエを伝書鳩代わりにしているのに、わざわざ水晶で連絡をよこしてくるなんて珍しい。

シシィナは水晶をひとなでして応答する。曇っていた球体表面に、執事の顔が浮かび上がった。

「いったい、なんの用かしら？」

「奥様がお呼びです。本邸までお越しください」

執事は事務的に淡々とした口調で答える。

「……わかったわ」

返事をした直後、水晶は再びもとの場所に戻っていった。

シシィナは執事に言われるがまま本邸に足を運んだ。到着するとすぐに執事がやって来て、ついてくるように言う。

ハンナ夫人は今朝、居間のソファでくつろいでいたはずだ。それなのに違う部屋へ案内されるので、シシィナは内心で首をひねる。

（どうも嫌な予感がするわ）

胸騒ぎを覚えたシシィナはごくりを唾を飲み込んだ。

前に立っている執事が扉のドアノブに手をかけた瞬間、シシィナの頭に警鐘が鳴り響く。

（ここにいてはだめ。だってこの先で待っているのは……）

スッと開かれた扉の向こう側。

正面のひとり掛けソファにはハンナ夫人。その手前のふたり掛けソファにはセシリア。そしてテーブルを挟んだ向かい側に座っているのは——もう二度と顔を合わせたくない相手、ナイルズ・クロストンだった。

たちまちシシィナは体がすくんでまったく動けなくなる。

入口で立ち尽くすシシィナに、ハンナ夫人が手招きする。

「シシィナ、あなたにお客様がお待ちよ。セシリアの横に掛けなさい」

「は、はい……」

震える足に鞭を打ち、シシィナはセシリアの隣に腰を下ろす。

「ふふ。お義姉様ったら緊張しているの？」

いつもは邪険に扱うセシリアが微笑みかけてくる。

ハンナ夫人もやわらかな笑みを浮かべていた。

「シシィナ、クロストン伯爵に挨拶をしなくてはだめでしょう？　クロストン伯爵、申し訳ございません。普段は人との交流をしておりませんのでマナーがなっておりませんの」

猫なで声だが、ナイルズへ挨拶をしろという指摘がハンナ夫人から入る。

しかし、今繰り広げられている状況に悄然《しょうぜん》としているシシィナには、その意図を読み取る余裕などなかった。

（ナイルズ様との婚約話が出るのは当分先のはずなのに。どうしてこの段階で屋敷を訪ねてくるの？　こんなの今までなかった）

ループしているこれまでの人生で、ナイルズがモンクレイフ家を訪れるのは記憶を取り戻した日から三カ月後。あと一カ月くらい余裕はあったはずだ。

期間が縮まってしまっては逃亡計画に支障をきたす。

動揺しているのを悟られたくなくて、シシィナは顔を伏せる。

するとナイルズのくすくすと笑う声が聞こえてきた。

「恥ずかしがっていてかわいらしい。宮殿でお会いしたときもそうでしたね。別に取って食おうとはしませんので怯えないでください」

（何度もあなたに殺されているんだから怯えるのはあたり前でしょう!!）

シシィナの心の叫びなどつゆ知らず、ナイルズはハンナ夫人たちと談笑し本題に入った。

「今日訪問させていただいたのは、シシィナ嬢に用があったからです。実を言うと、この間の舞踏会で初めてあなたに会ってからというもの、僕は片時もあなたを忘れた日がありません」

話を聞いたハンナ夫人は穏やかに微笑む。内心ではおもしろくないのか目は笑っていない。

「おほほほ。クロストン伯爵にそんなことをおっしゃっていただけるなんて。シシィナは果報者ですわ。けれどこの子はセシリアと比べて気弱で世事にも疎い娘です。嫁いだところでこの先やっていけるのかどうか……心配でたまりません」

「有り体《あ　てい》に言えば我が伯爵家は公爵家より家格が下になります。ですが心配には及びません。シシィナ嬢にはなに不自由ない暮らしを約束します」

ナイルズはクロストン家がどれほど裕福であるかを雄弁に語った。

手がける貿易事業が急成長を遂げている話は、社交界では有名だ。ハンナ夫人が知らないわけがない。

彼女は見極めているのだろう。自分にとってナイルズが有益となるかどうかを。

ナイルズはうしろに控えさせていた付き人を呼び、持たせていた黒い箱をテーブルの上に置かせた。

「僕はいくつか鉱山を所有しています。採れたものの中から最高品質のダイヤモンドを選んで作らせました。お近づきの印にお受け取りください」

付き人が箱の蓋を開ける。

そこはいくつものダイヤモンドを贅沢に使ったネックレスが収まっていた。

それを見たハンナ夫人はにんまりとした。

「まあ素敵な贈り物ですわね。気を使わせたようで申し訳ないですわ。……シシィナ、今度クロストン伯爵とふたりでお茶でもしてきなさい」

予期していない言葉に、シシィナの呼吸はひゅっと止まった。

嫌だと言わないと。すぐに断らないと。

(嫌だ嫌だ嫌だ。私、ナイルズ様とお茶なんて絶対にしたくない!)

このままでは最悪の結末である結婚に一歩近づく。

声を大にして嫌だと叫びたいのに、口の中が渇いてうまく言葉が発せられない。

シシィナは下唇を噛みしめ体を震わせる。

するとハンナ夫人がソファから立ち上がり、背後からシシィナの両肩を掴んだ。それも爪が食い込むほど力強く。

「まあ、シシィナったら恥ずかしがっているのね」

有無を言わせない物言いのハンナ夫人。

ただでさえ今日は機嫌が悪く、逆らえば後でひどい仕打ちを受けるかもしれない。

シシィナは消え入るような弱々しい声で「はい」と返事をした。

「二週間後の木星の日にお茶をするのはどうでしょう？　もっと早い日にちがいいのですが、あいにく仕事が立て込んでいて少し先になりそうです」

ナイルズが申し訳なさそうに眉を下げるので、シシィナは頬を引きつらせないよう懸命に微笑んだ。

「……いえ、かまいません。お仕事なのですから仕方ありませんよ」

震える声で返事をすると、ハンナ夫人が小さく咳払いをする。

「ふたりきりで話したいでしょうし、セシリアと私は退席しますわ」

ハンナ夫人はセシリアを引き連れて部屋を後にする。控えていた執事やナイルズの付き人も後に続いて応接室からいなくなった。

部屋にはシシィナとナイルズだけが残される。正真正銘のふたりきり。

このときばかりは毎日執拗にいじめてくるハンナ夫人とセシリアにすら、部屋から出ていかないでと強く願った。

（ふたりきりでいったいなにを話せというの……）

目眩と吐き気を覚えたシシィナは、血の気のない顔を下に向ける。

時が早く過ぎるよう祈っていたら、視界が暗くなった。

「シシィナ嬢」

上から声が降ってきて、とっさにシシィナは顔を上げる。

逆らえばひどい目に遭わされる——いくつもの人生で言うことを聞かなければ折檻されてきたせいで、シシィナはナイルズの声に嫌でも反応してしまう。

それに気づいたシシィナは、苦虫を噛みつぶしたような表情を浮かべた。

逃れたくて必死にもがいているのに、易々と恐怖でシシィナの心を蹂躙《じゅうりん》してくる。

(心も体も私のもの。この男のものじゃないわ)

まだ婚約も申し込まれていない。結婚もしていない。

指図を受けても従順にしたがう必要はない。

必死に言い聞かせるシシィナに、ナイルズの顔が間近に迫ってくる。

「……ひっ」

「怯えなくていいんだよ、シシィナ嬢。……まあ、そんな顔も僕は好きだけれど」

小さな悲鳴をあげたシシィナが表情をこわばらせる一方で、ナイルズは愉悦の笑みを浮かべる。

「やはり君の髪色は惚れ惚れするほど美しい。無論、君に興味を持ったのは髪色だけではないけどね」

耳もとでささやくナイルズはシシィナの頭へと手を伸ばそうとしていた。

シシィナはゾッとして全身に鳥肌が立った。

「さ、触らないで！」

とっさにナイルズの手を払いのけ、勇気を振り絞って睨めつける。

シシィナは肩で息をしながら心臓が激しく脈打つのを感じていた。

なぜならどの人生でも、死ぬ直前までナイルズへ物理的に逆らったことはなかったから。

ナイルズはシシィナの反抗的な態度に呆気に取られるも、すぐいつもの調子に戻る。

「……これは失礼」

払いのけられた手を擦《さす》りながらナイルズが慎んだ態度で頭を下げてくる。

これまで一度も謝罪されたことがなかったため、シシィナは完全にうろたえた。

「い、いえ……私の方こそ取り乱してしまってごめんなさい」

かえって居心地が悪くなったシシィナは肩をすぼめる。

「気分を害してしまったみたいだから、今日のところは失礼するね」

「そう、ですか。……ではお見送りいたします」

帰るという言葉を聞いてシシィナはホッと胸をなで下ろしてソファから立ち上がる。

廊下で控えていた執事に馬車を頼み、準備が整うと玄関で別れの挨拶をした。

「それではごきげんよう。クロストン伯爵」

「ごきげんよう。二週間後に会えるのを楽しみにしています」

ナイルズは胸に手をあてて一礼した。

ようやく解放されてシシィナは溜飲が下がるのを感じていたその瞬間――ナイルズに手を取られて甲に口づけされた。

「……っ‼」

触れられた部分から冷たい感覚が這うように全身を巡って、これまでの悲惨な人生が一気にフラッシュバックする。

「やっぱり、君は僕が思った通りの人だよ」

ナイルズはギラギラと興奮した目で見つめてから、馬車に乗り込んで帰っていった。

ひとり残されたシシィナは顔を真っ青にしてその場に佇む。

あれは獲物に狙いを定める、獰猛な獣と同じ目だ。

シシィナは絶望の淵に沈む思いがした。

また同じようにナイルズのもとに嫁がされ、ひどい扱いを受けるのだろうか。

(大丈夫、大丈夫よ……まだ結婚は決まっていない)

冷たい手で自分自身をきつく抱きしめ、落ち着かせようと深呼吸を繰り返す。

しかし、心に巣くう恐怖も憂いも薄れなかった。


ナイルズが訪ねてきてから二日が経った。

あれから恐怖にさいなまれて、寝室から一歩も外へ出られなくなってしまった。

本邸にも植物園にも行っていない。本邸の方には、風邪をひいたのでしばらく療養するとクロエに伝えてもらった。

ハンナ夫人はナイルズからネックレスを受け取って機嫌がいいのか、いじめてはこなかった。

むしろ即効性のある風邪薬をくれたので、二週間後のお茶会までには絶対回復しておくようにという意図が透けてみえる。

(引きこもっていないで、運命を変えるための行動をしなくちゃいけないのに)

お茶会の日が刻一刻と迫るにつれて憂鬱が増していく。

打開策を見つけなければいけないのに頭が回らない。なにをするのも億劫だ。

こうなった原因は、別れ際のナイルズとのやり取りだ。そのせいでシシィナは精神的に追い込まれている。

あのときナイルズの目を見てもう逃げられないと感じてしまったから。

頭を抱えるシシィナはため息を漏らし、時計の針を確認する。時刻は夜中の十二時を回ったところだった。

寝室に引きこもっているのだからせっせとビーズ織りに勤しめばいいのだが、いざ机に向かうと気もそぞろになって作業は思うように進まない。

アイラ夫人から依頼を受けた髪留めはクロエに頼んですでに送ってある。

状況的に在庫を増やさなくても問題なさそうだが、売れ行き次第ではそうとも限らない。念のために数を増やしておかないといけない時期に入っている。

「頭ではわかっているのに、体が言うことを聞かない」

再び深いため息をついて机の上にあるランプに手をかざして明かりを消した。

手につかないなら、体だけはせめて休ませておかないと。

「ビーズ織りもそうだけど明日こそ植物園へは行きたいわ。ルディウス様に迷惑をかけているから」

ベッドの上で横になり、薄手のブランケットにくるまって丸くなる。眠ってしまえば現実にさいなまれないし、恐怖に心が囚われなくて済む。もしかしたら明日は頭がすっきりしているかもしれない。

さっさと目を閉じて寝てしまおうと決め込むものの、睡魔はちっとも襲ってこなかった。

何度も眠れと唱えながら寝返りを打つ。

「ニャウン」

すると聞き覚えのある猫の鳴き声が外から聞こえてきて、シシィナは目を開けた。頭をもたげて掃き出し窓を見る。カーテンには、月明かりに照らされてできた影が映り込んでいた。

「アニス？　今日も来てくれたの？」

植物園へ行けない日の夜は、必ずといっていいほどアニスが訪ねてきてくれる。だいたいいつも現れるのは夜の九時頃。普段より登場が遅かったので今夜は来てくれないと思っていた。

シシィナはベッドから出てカーテンを開く。

鍵をはずして窓を開け、バルコニーへ出ると欄干の上にはすみれ色の瞳が美しいアニスが凜とした姿で佇んでいた。

「今夜も様子を見に来てくれたのね。いつもありがとう」

シシィナはアニスに近づいて人さし指で顎をなでる。

アニスはうれしそうに目を細め、尻尾を揺らした。

「様子を見に来たのはアニスだけじゃない」

不意に声がして頭を動かすと、ルディウスが宙に浮いていた。

「ル、ルディウス様⁉」

突然現れたルディウスに驚いて、シシィナの心臓が大きく跳ねた。

政務と魔法薬学の研究で忙殺されているはずのルディウスが、わざわざ足を運んでくれるなんて信じられない。

シシィナはルディウスがバルコニーに降り立つ様子を眺めながら、訪ねてきた理由をしばし考え込んだ。

なにか早急に処理してほしい仕事でもあるのだろか。

最後の出勤を思い返してみても思いあたるものはとくにない。

だとすれば、この二日のうちに新たに急を要する作業が発生してルディウスとサイラスの手をわずらわせているのかもしれない。

シシィナはルディウスの思惑を理解すると、真面目な顔つきで尋ねた。

「突然来られたのは急ぎの仕事があるからですね？」

「急ぎの仕事はとくにない。安心しろ」

「でしたら書類になにか重大なミスがありましたか？」

「シシィが作った書類にミスはない。完璧だ」

「でしたら……っ」

いよいよルディウスがここに来た理由がわからない。

シシィナが困惑しているので、ルディウスは苦笑交じりに口を開く。

「ただ顔が見たくなって来たんだ」

「えっ？」

話の意図がわからずシシィナは首をかしげる。

「今まで休むときは連絡があったのに、ここ数日は連絡も取れなくて心配した」

シシィナは胸をつかれた。

（ルディウス様は、私を心配してくれていたの？）

ルディウスはシシィナに近づいて額にそっと手を伸ばす。触れられた部分から、やわらかな温もりがじんわりと伝わってきた。

同時にシシィナは鼓動が速くなるのを感じた。自分でも自覚できるくらい心臓の音がうるさい。

ルディウスに聞かれているんじゃないかと内心そわそわしていた。

(もう、どうして心臓の鼓動がうるさいの？　それに触れられている部分が熱いわ)

顔が火照っていくのをありありと感じていると、ルディウスが眉根を寄せた。

「ひょっとして熱があるんじゃないのか？　どんどん体温が上がっている気がする」

「大丈夫です。ご心配には及びません！」

ルディウスはシシィナがやせ我慢しているのではないかと心配したようでさらに眉間にしわを寄せると、正直に話すよう促してくる。

顔が熱いのは単にルディウスを意識しているせいで、体調が悪いわけではない。しかしそれを本人に言ってしまえば変な空気になるはずだ。

かくしてシシィナは元気だと主張することしかできなかった。

「元気ならそれでいいんだが……」

渋々といった様子でルディウスは引き下がってシシィナの額から手を離す。

いまだ冷めない熱を、シシィナは頰に手をあてて冷やす。なんとなく居心地が悪くて視線を泳がせる。

「もし具合が悪いのなら正直に言ってくれ。あのとき手あてをしてくれたお礼がまだできていないからな」

「あのとき？」

ルディウスがなんのことを指しているのかわからないシシィナは聞き返す。

「……庭園で腕のけがを手あてしてくれた」

そう言ってルディウスはけがをしていた方の腕をさする。

その仕草を見たシシィナは、宮殿舞踏会で出会った黒装束の男を思い出した。

「やはりあれはルディウス様だったのですね。でも、どうしてあんな格好を？」

「それは……」

すると遮るようにアニスが「ミャウ」と鳴いた。

ルディウスと話している間に寝室へと移動していて、彼は髪留めを咥えている。

「アニス、それはあなたにはつけられないわ」

くすりと笑いながらアニスに話しかけたところで、ルディウスがくしゃみをした。

「私ったら気がつかなくてすみません。ここは冷えますので中にお入りください」

するとルディウスは聞きとがめるように片眉をぴくりと動かした。

「シシィ、自分がなにを言ったのかわかっているのか？」

婚約者でもない女性の寝室へ入るなど御法度だ。誰かに見られでもしたら醜聞になりかねない。ルディウスはそれを危惧しているのだろう。

「大丈夫です。ここには私と弟以外住んでいませんから。部屋だって見られて困るものはありません。さあ、どうぞ中へ。このままでは風邪をひきますよ」

シシィナが来るよう手招きをするので、ルディウスはためらいながらも最終的に足を踏み入れた。

机の上にあるランプにシシィナは手をかざして明かりをつける。

オレンジ色の明かりがともり、作りかけの髪留めのビーズが光に反射してきらりと光った。

それに目を留めたルディウスは、なんとはなしに口を開く。

「ビーズ織りは順調に進んでいるのか?」

「はい。母の教えのおかげで」

この二日はナイルズのせいでまったく手つかずの状態だった。正直にそれを伝えたところで心配させるだけだと思い、シシィナは嘘をつく。

「お母上の教え?」

シシィナは身につける相手の幸せを願ってビーズ織りを編んでいるのだと答える。

ルディウスは髪留めをひとつ手に取り、いろんな角度から眺めて口を開く。

「たしかにそれは大事な教えだ。そして相変わらず見事だ。魔法もなしに手で一から作り上げるなんて俺にはできない」

どんなふうに作っているのか聞かれて、シシィナは丁寧に答えていく。

シシィナが説明すればルディウスはさらに質問を投げかけてくる。答えるよりも見せた方が早いと思い、シシィナは作業風景を披露した。

「髪留めよりもブレスレットの方が徐々に柄が浮かび上がってくるので、おもしろいんですよ」

「おおっ、本当だな」

感嘆の声をあげ、子どものように無邪気な目を輝かせるルディウス。

その様子を見ているとなんだかうれしくなって、シシィナは思わず秘密を打ち明けてしまう。

「ルディウス様だけにお話ししますが、私は少しだけ魔力を持っているんです。ちょっとだけ披露しますね」

シシィナはルディウスの前で古代魔法を披露してみせた。古代語の詩を詠いながら編み始めれば青白い光の粒がほんのりと浮かび上がり、いくつもの蝶へと変化する。

ゆらゆらと羽ばたく青白い蝶がいつものようにシシィナの動かす針へ飛んできて留

まり、糸に溶け込むようにして消えていく。

「これはっ……」

「ラノム王国に伝わる古代魔法です。古代語の詩を詠うことで魔力を込められるんです。魔力、といってもまじない程度のものですが」

ルディウスは虚を衝かれたような顔つきになる。それから神妙な顔をして顎に手をあてて、しばらくじっと考え込んでいた。

やがて彼は「あれは古代魔法だったのか」とぽつりと呟く。

「どうかされましたか？」

シシィナが怪訝そうにすると、ルディウスは柔和な笑みを浮かべる。

「いや、なんでもない。……シシィの元気な姿を見たからそろそろ帰るとしよう。夜遅くに訪問してすまなかった」

ルディウスがバルコニーに移動するので、シシィナも席を立って見送る。

「植物園へ行けなくてごめんなさい。明日は必ず出勤します」

「来るのを心待ちにしている。おやすみシシィ」

ルディウスはシシィナの手を取り、甲に口づけをした。

「ひゃっ‼」

びっくりしてシシィナは素っ頓狂な声をあげた。

薄い唇が触れた瞬間、シシィナの体にじんわりとした温もりが広がった。

ナイルズに触れられたときは恐怖と嫌悪感ばかり抱いていたのに、ルディウスに触れられると彼の温もりに包まれたい気持ちになった。

顔を上げたルディウスと視線が合う。星の光を集めたようなすみれ色の瞳を見つめているとホッとする自分がいる。

(同じ男性だけど、ルディウス様はナイルズ様とは全然違う)

いつだってシシィナの気持ちを尊重し、努力を認めてくれる。

ナイルズのように脅迫と暴力で押さえつけてこない。

ルディウスのそばは居心地がいい。

――もっと一緒にいたい。

心の中で呟いた途端、また心臓がトクトクと脈打ち始める。

それは花の蕾が綻ぶような不思議な感覚だった。

シシィナは自分の気持ちにようやく気づいた。

(私……ルディウス様のことが……)

しかしそこでシシィナの心臓がぎゅっと締めつけられた。

ルディウスがこちらをどう思っているのかシシィナにはわからない。

以前のように嫌われてはいないものの、恋愛的な好意があるとは思えなかった。

(この気持ちを正直に伝えて、今の関係が壊れてしまうのは怖いわ)

それにルディウスはセシリアの想い人だ。嫉妬心の強いセシリアにこの想いがバレてしまえばどんな目に遭うだろう。

波風立てないためにも、自分の気持ちはひた隠しにするしかない。

(……逃亡資金が貯まれば植物園をやめてエドモンドと身を隠さないといけないから。どれを取っても言わぬが花だわ)

シシィナが暗い表情を浮かべているので、ルディウスが心配そうに顔を覗き込んでくる。

「どうかしたのか?」

「いいえ、なんでもないです。……おやすみなさい、ルディウス様」

シシィナは泣き出しそうになるのを必死にこらえてルディウスに微笑むのだった。

＊＊＊

宮殿の東宮に戻ったルディウスはサイラスを呼び出した。

夜も遅い時間なので眠っているかもしれない。

しかし、たった今見聞きしてきたことをすぐにでも話さなければ。

居ても立ってもいられないルディウスは、落ち着くよう自身に言い聞かせながら室内を徘徊する。

「殿下、こんな夜更けにいったい何事ですか？」

扉を叩く音がして、サイラスが現れた。

ちょうど就寝しようとしていたところのようで、秘書官の制服の上着と腕章を脱いでいた。

前置きが長くなる前にルディウスは早速本題に入った。

「遅い時間に呼び出してすまないが、特効薬の鍵になりそうなものが見つかった」

「それは本当ですか？」

長年ルディウスのそばで仕えているサイラスにとっても、特効薬の完成は悲願だ。

食い気味に尋ねてくるサイラスに対してルディウスがうなずいて、先ほど見聞きしてきたシシィナのビーズ織りについて語った。

ビーズ織りを編む際、シシィナは身につける相手の幸せを願って古代語の詩を詠いながら編む。すると彼女の顔の周りには青白い光の粒が現れ蝶へと姿を変えていき、最後は針に留まって糸へと溶け込んでいくのだ。

その光景を見たルディウスは、頭の中でなにかが噛み合うような感覚を覚えた。

古代魔法とは、少量の魔力と古代語の詩を詠って使う魔法を指す。詩には招福と呪詛の二種類があり、まじないとして古代の人々の間では使われていた。

ところが魔法使いの人口が最盛期を迎えた頃、詠唱なしで使える様々な魔法が生み出されたことで古代魔法は衰退し、結果的に淘汰された。

そして現在では魔法使いの数が減っている上、魔法道具があれば魔力のない人間でも手軽に魔法を扱える。そのため一般的に古代魔法の存在は知られていない。

ルディウスは古代魔法の存在こそ知っていたものの、使い方についてはわかっていなかった。

(呪毒を受けた者の首筋にはいつも赤紫色の蝶の痣がある。そしてシシィのビーズ織りに溶け込んでいたのは青白い蝶だ)

色だけが違う蝶を見て、ルディウスはひとつの結論に至る。

「招福の詩で青色の蝶が現れるのだとしたらその反対、呪詛の詩には赤紫色の蝶が現れるんじゃないか？　呪毒は古代魔法を応用して作られている可能性がある」

サイラスは大きな丸眼鏡を押し上げながら答えた。

「なるほど。ラノム王国は魔法が始まったとされる国ですから、時代とともに忘れられていった古い魔法が継承されていてもおかしくありません。すぐに調べてきます」

「いや。サイラスは一度休んだ方がいい。その間に俺が糸口を見つける」

サイラスは、秘書官の業務に加えて特効薬の研究にも携わっている。彼が睡眠時間を削って協力してくれているのを知っているので、ルディウスは少し休むよう勧めた。その証拠にサイラスの目もとにはくっきりとクマができている。これ以上無理をさせるわけにはいかない。

「殿下が休まないのに私が調べないわけにはいきません。それに早く止めないと呪毒による犠牲者は増える一方です。眠気なんてとうに吹き飛びましたよ！」

サイラスの言い分はもっともで、貴族の間で流行していた呪毒が、最近は市井《しせい》……とくに下層階級の間で広がりをみせている。

（この問題は早急に解決しなければいけない。ひとりで調べるよりもサイラスと協力した方がいいのかもしれないな。でないと犠牲者が増える）

罪もない人たちが犠牲になっている事実に、ルディウスは止められない悔しさから拳に力を込める。

そして瞳に力強い光を宿し、サイラスに命じた。

「ただちに古代魔法について調べろ。俺はひと足先に、植物園で実験の準備を進めておく」

「御意。私も終わり次第そちらに向かいます！」

やる気に満ちあふれるサイラスは、踵を返して足早に部屋から出ていった。

ルディウスも気を引きしめ直して植物園へ向かうための準備を始める。

『私を置いて東宮にさっさと帰るなんてひどいじゃないか』

ふと、どこからともなく声がして辺りを見回してみる。入口の脇にはアニスが前足をぺろぺろとなめていた。

ルディウスは苦笑する。

「置いていくもなにも。ベッドの上でいびきをかいていただろ？」

ルディウスは一緒に帰るつもりでいたが、シシィナと話し込んでいる間にアニスが眠ってしまった。起こすのも忍びないと思い、置いてきたのだ。

すると不意に、ルディウスの頭の中に先ほどのシシィナとやり取りした記憶が蘇る。

別れ際に手の甲に口づけたら、彼女は小さな悲鳴をあげた。拒絶されたのかと思って最初こそ不安になったが、それが杞憂であるとすぐにわかった。

なぜならシシィナの頬は紅潮し、とても恥ずかしそうにしていたから。その姿がどうしようもなくかわいらしくて、ルディウスは抱きしめたい衝動を必死に抑えた。

（あんな表情をされたら離れがたくなる）

ルディウスが表情を緩めていると、アニスの声が耳に入る。

『ルディ、私の話を聞いているか？　私は寝息をかいてもいびきなどかいていないぞ』

「どちらにしても寝ていたことは認めるんだな……って、睨むな」

図星を突かれたのが悔しいらしいアニスの目が鋭くなっている。

ルディウスはアニスと目線が合うようにしゃがみ込み、機嫌を直すよう頭をなでる。

「シシィが古代魔法を披露してくれたおかげで、特効薬の糸口を見つけられそうだ。蔓延している呪毒には古代魔法の呪詛の詩が絡んでいるかもしれないんだ」

実験もこれからなのでまだ仮説にすぎない。しかし、ルディウスはこれまでとは違う手応えを感じていた。

前足をなめ終えたアニスが口を開いた。

『特効薬が完成すれば呪毒で操られた人間を助けられるな。よかったじゃないか』

その物言いはどこか含みがあるように感じる。

未来がわかっているような、全体の流れを俯瞰《ふかん》しているような、そんな響きだった。

「……アニスはシシィが古代魔法を使ってビーズ織りを作っているのを知っていたのか？　だから俺を彼女の部屋に誘導したのか？」

ひとつ、ルディウスにはある疑念があった。それはアニスが特効薬の作り方を知っているのに黙っているのではないかという点だ。

疑いの目を向けられたアニスが毛繕いをやめてうーんと伸びをする。

『シシィのところに行くと言い出したのはルディだろう。ちょうど机を見たら新しい作品が置かれていて興味があったから気を引いただけだ。まあ、これくらいの手助けなら制約には触れまいよ』

「うん？　なにか言ったか？」

最後にアニスがぼそりと呟いたような気がして、ルディウスは首をかしげる。

『いいやなにも。ほら、もたもたしてないで早く植物園へ行こう』

アニスはルディウスの体を駆け上り、肩に乗る。

ルディウスは首をすくめ、移動魔法を使って研究棟に向かった。

＊＊＊

シシィナは執務室で書類整理に勤しんでいた。

（青七草と一角獣の角の成分反応の報告書はまとまったから、次はマンドレイクと紫ガエルの脂汗の成分反応をまとめないと。……まとめる書類がたくさんあるわ）

ルディウスがシシィナのもとを訪れた次の日、シシィナは植物園へ出勤する気満々だった。ところが、クロエを通してアイラ夫人から髪留めとブレスレットの追加注文が入ってしまった。両方ともストックが切れていたため急ピッチで作らなくてはならず、結局三日間は植物園へ行けなかった。

そうしてようやく出勤すると、ルディウスの机の上にはクリップで留められただけの書類が煩雑に置かれている。

シシィナはその書類を項目別に分けて整理整頓を行い、午前中になんとか終わらせることができた。

「それにしても報告書のまとめが整理されていないなんて珍しい。いつも私が来られないときは、サイラス様かルディウス様が手分けしてまとめてくださっているのに」

几帳面で仕事熱心なルディウスとサイラスが、報告書のまとめを中途半端に放置していることなんて滅多にない。それほど研究が切迫しているのだろうか。

「このぶんだと研究棟から持ち帰っていない書類がありそうだわ。取りに行った方がいいかもしれない」

シシィナが執務室から出ようとしていると、ちょうど扉が開いた。

誰かと思えば白衣姿のサイラスだった。小脇には分厚い封筒を抱えている。

「シシィナさん忙しいですか？」

サイラスは普段から大きな丸眼鏡で目もとのクマを隠している。しかし今日は隠しきれないほどはっきりとしたクマができていて、完徹した様子がうかがえた。

「顔色が悪いですが大丈夫ですか？　私にできる仕事でしたらおっしゃってください」

「それはありがたい！　早速で申し訳ないですが、伺い書をシャルマ侯爵にお渡しください。まだ私にはやらなければならない仕事が山ほどありまして、時間がとにかく惜しいんです」

シャルマ侯爵のいる園長室は事務棟の中でも奥まったところに位置しているため、研究棟からだとそれなりに時間がかかる。一分一秒も無駄にはしたくないのかサイラスはシシィナに懇願してきた。

快諾したシシィナは伺い書が入った封筒を受け取る。

「承認印がもらえましたらすぐに研究棟までお持ちしますね」

「お願いします。先ほどからシャルマ侯爵を呼び出しているのに全然来てくれないですし、返事もないんですよ。珍しい毒草が外国から輸入されたので観察に没頭しているのかもしれません。シシィナさんからも、研究棟へ来るようお尻を叩いていただけませんか？」

シャルマ侯爵はもともと薬学専門の研究員で、薬草や毒草に対して好奇心が旺盛なようだ。

「それでは私は失礼します」

慌ただしく去っていくサイラスを見送り、シシィナも行動に移る。

忙しいサイラスに代わってシシィナが急ぎ足で園長室に向かい、扉の前に立った。

すると少しだけ開いている扉の向こうから、家具が倒れるような激しい音が聞こえてきた。

（どうしたのかしら？）

激しい音は以後ずっと続き、収まる気配はない。中の様子が気になったシシィナはこっそり扉の隙間から覗き込む。

「あっ！」

シシィナは驚嘆して抱えていた封筒を床に落とした。なんと室内では、シャルマ侯爵が警備兵に襲われているではないか。

警備兵がシャルマ侯爵に馬乗りになって首を絞めているのを垣間見る。

（おじ様は感染症で亡くなったんじゃなかったの⁉　とにかく早く助けなくちゃ！）

うろたえながらもシシィナは必死に頭を働かせた。助けを呼ぶにしてもここは事務棟の奥。その間にシャルマ侯爵が殺されてしまうかもしれない。ここは自分がなんとかしなくては。

シシィナは近くのコンソールテーブルに置かれている壺を掴み園長室に飛び込んだ。

「おじ様から離れなさい‼」

叫びながら犯人の頭めがけて壺を投げつける。

背後から急襲を受けた警備兵はよけきれずにシシィナの攻撃をもろに受けた。頭にぶつかった鈍い音と壺が割れる音が室内に響き、警備兵は床へと倒れ込む。

血は出ていないので単に気絶したようだ。

「おじ様‼」

動かなくなった警備兵を確認したシシィナは、シャルマ侯爵に駆け寄って助け起こした。

足から血が出ているが、それ以外はとくにけがはない。

ゲホゲホと激しく咳き込むシャルマ侯爵はしわがれた声で言った。

「シ、シシィ。私は……」

混乱している様子でその瞳は激しく揺れ動いている。

シシィナは安心させるように笑みを浮かべ、シャルマ侯爵の腕を自分の肩に回した。

「もう大丈夫です。早くここを出て助けを呼びましょう」

「だめだ。君はこれに関して無関係なんだから先に逃げなさい」

かすれた声で訴えるシャルマ侯爵に対してシシィナは首を横に振る。

「おじ様を置いて自分だけ助かったら、私は一生自分を責めます。だからひとりで逃げろなんて言わないでください」

シシィナはシャルマ侯爵を支えながら、廊下に向かってゆっくりと歩き出す。

けがをした足が痛まないか気にかけていると目端でなにかが揺れ動いた。

「きゃあ……っ‼」

そこには倒れていたはずの警備兵が頭を押さえながら立っていた。歯をむき出しにしたすさまじい形相で、こちらを睨みつけている。

「よくも邪魔をしてくれたな。……誰だろうと邪魔者は排除する。侯爵もろとも殺してやる！」

威嚇するような低い声で呟き、腰に挿していた剣を鞘から引き抜いた。続いて奇声をあげながら襲いかかってくる。

すかさずシャルマ侯爵がシシィナの肩を掴んでうしろへと下がらせる。

間一髪のところでよけられたが、制服の袖口とブレスレットの金具を結んでいた紐が切れてしまった。

たちまちシシィナの髪が茶色からストロベリーブロンドに戻る。

「こっちだシシィ！」

シャルマ侯爵に指示されて、革張りのソファへと回り込み攻撃をよける。

ソファの革が裂けて中のフェザークッションから羽が舞い上がった。さらに警備兵の行く手を阻むように、シャルマ侯爵はソファの横に置いていたサイドテーブルをけがのない方の足で蹴り上げる。

警備兵はそれをかわすと再び剣を構えた。このままではふたりとも殺される。

時間を稼ぐためにもシシィナは質問を投げかけた。

「あなたの目的はなに？　おじ様を殺してなんの得があるの？」

襲ってきた警備兵は植物園入口の警備を担当している人で、顔なじみだった。

勤務態度は真面目だし、先日子どもが生まれたとうれしそうに仲間内で話しているのを少し離れた場所から聞いていた。だからシシィナは、彼がシャルマ侯爵に対して不満や恨みを抱いているようには思えなかった。

「邪魔者は排除して侯爵を殺す。それが俺の目的だ」

釈然としない答えしか返ってこない。シシィナが追及すべく口を開きかけたとき、シャルマ侯爵が肩を叩いてきた。

「シシィ気をつけるんだ。あれは私たちが知っている彼じゃない。下手に刺激して暴れられても困る」

シャルマ侯爵の忠告に、シシィナはこっくりとうなずいた。

下手に刺激して最悪の事態――首と胴が泣き別れになるのだけは避けたい。

（そういえば、舞踏会の衛兵と様子が一緒だわ。殺気立っている感じもそうだし、まとっている雰囲気も似ている気がする）

そこで警備兵の首筋にシシィナは注目した。目を凝らすと、宮殿の衛兵と同じように首筋に赤紫色をした蝶の痣がある。

見覚えのある痣。

いったいどこで目撃したのかがいまいち思い出せないでいたが、ようやくわかった。痣の蝶が、古代魔法を使うときに浮かび上がる青白い蝶とそっくりだということに。

「……もしかして、彼には魔法がかかっているの？」

痣に加え、目的を達成する以外眼中にない様子の警備兵にシシィナは仮説を立てた。

警備兵を操っている人間はシャルマ侯爵を葬り去ることを第一としている。ついでに、阻止する人間が現れた場合は誰であろうと始末しろという命令もつけ加えているに違いない。

シシィナの独り言に対してシャルマ侯爵が答えた。

「君の言う通り彼は魔法にかかっている。少し前から私は狙われていた。万が一に備えて侵入者が入ってこられないよう、この棟全体には殿下の結界が張られていた。とはいっても職員や研究員を対象にするわけにもいかないから、おかしな様子がないか常に警戒していたんだが。……まさか警備兵を使うなんてしてやられたよ」

シャルマ侯爵は表情をゆがめていたが改まり、シシィナから離れた。

「君は生き延びなくちゃいけない。相手の目的は私を葬り去ることだから、君が逃げても追ってはこない。そして殿下に助けを求めなさい。魔法伯の彼なら――」

「嫌です！」

シシィナはシャルマ侯爵の言葉を遮った。

「おじ様を置いて逃げるなんてできません。そんなことしたら……」

確実にシャルマ侯爵は殺されてまた同じ運命をたどるだろう。

額に汗を滲ませていると、警備兵の怒声が飛んできた。

「こそこそとなにを話している？　こうなったらふたり揃って始末してやる！」

思案投げ首のうちに警備兵は剣を構えて飛びかかってきた。

血走った目で雄叫びを上げるその姿が、シシィナの瞳にはスローモーションで映る。

何度もナイルズに殺されているがこの瞬間はいつだって恐ろしく耐えがたい。

心臓がヒュンと縮み上がり、全身に力がこもる。

ゆっくりと近づいてくる剣先がシシィナの体に触れるか触れないかという距離まで迫ったそのとき、見えないなにかに剣が弾かれた。

そこにはまるで厚い壁があるかのよう。

警備兵は弾かれた反動で床へとひっくり返った。

「シシィ！　シャルマ侯爵！」

入口を見ればいつの間にかルディウスが立っている。彼は人さし指と中指を立てて警備兵に向ける。すると宙にロープが現れて彼を捕縛した。次にサイラスが室内に入ってきて、暴れる警備兵を押さえつけながら制服の襟を掴む。

「首筋に痣があります。呪毒に侵されているのに間違いありません！」

サイラスはルディウスに向かって叫ぶ。それにシャルマ侯爵が続いた。

「殿下、例の特効薬は責任を持って承認します。彼に飲ませてください！」

ルディウスは首肯し、銀色のケースを取り出す。蓋を開き中から出したのは丸薬だ。

ルディウスは警備兵に近づいて口の中にそれを押し込んだ。吐き出されないように、うしろからサイラスも加勢して口を塞ぐ。

警備兵は最初こそ抵抗して身じろいでいたが、薬を飲み込んだ途端、動きをピタリと止めた。たちまち意識を失ってがくんと頭が垂れる。

様子をうかがうサイラスが不安げに口を開く。

「意識を失ったみたいですが大丈夫でしょうか？」

「効果は首筋の痣を見れば一目瞭然のはずだ」

ルディウスに言われて皆が首筋の痣に注目する。濃い赤紫色の痣は徐々に薄まっていき、五分と待たずして完全に消えてなくなった。

「痣が消えたから解毒できたはずだが、念のため拘束は解かないでおく。サイラスは経過観察をしておくように」

「御意」

ルディウスはシャルマ侯爵のそばに寄り、けがの観察を行った。

「足の傷はそれほど深くない。きちんと手あてすれば完治するだろう。今回は俺の対策が不十分で守りきれず、すまなかった」

　表情を曇らせるルディウスに、シャルマ侯爵は首を横に振る。

「お気遣いありがとうございます。私が狙われている話は極秘でしたし、身内に植物園に入れないよう結界を張るわけにもいきませんから。そもそも他人を操って自分の手を汚さない犯人が卑怯なのです！」

　背筋を正して毅然とした態度で主張するシャルマ侯爵の言葉に、ルディウスはなにかを決意するようにうなずいた。

「特効薬は完成した。これで呪毒問題に終止符が打てる。必ず首謀者を白日の下にさらしてみせる」

　その後、ほどなくしてルディウスの配下である近衛騎士団が到着し、ようやく事態は終息を迎えた。

　一段落ついた頃にはすでに陽は傾いていて、空がオレンジ色に染まっていた。

　帰りが遅くなってしまったので急いでシシィナが支度をしていると、ルディウスが馬車で屋敷の近くまで送っていこうと提案してくれる。

　最初こそ丁重に断ったが、馬車は王族が乗っているとはわからないよう目立たないものを使っていること、夕闇迫る道を女性がひとりで歩くのは危険だという説得を受けて最終的に甘えさせてもらった。

馬車に乗り込んだらすぐに走り始め、馬の蹄鉄《ていてつ》と車輪が石畳に音を響かせる。

その音がいやに耳にへばりつくように感じるのは、車内が沈黙で覆われているからだろうか。

シシィナは向かいに座っているルディウスを一瞥する。

ルディウスはうつむきがちに思いつめた表情をしていた。やがてシシィナの視線に気がついて、ゆっくりと顔をこちらに向ける。

「昼間は間一髪だったたな。危険な目に遭わせることになってすまなかった」

「命に別状ありませんからそうおっしゃらないでください。ルディウス様が助けに来てくださらなければ、今頃どうなっていたか……」

ルディウスが来なければ死んでいただろう。その先を想像しただけで戦慄が走る。

シシィナは息を吐き、気を取り直して気になっていたことを質問した。

「ルディウス様、呪毒とはいったいなんですか？　あの赤紫色の蝶の痣と関係がありますか？」

事件に巻き込まれたのだから聞く権利はある。

呪毒はルディウスがずっと研究していた特効薬に関係している。だからこそシシィナは知りたい、彼やシャルマ侯爵、サイラスがなにと闘っているのかを。

ルディウスもその質問がくると予測していたようで、心得顔で答えてくれる。

「シシィには話しておいた方がいい」と前置きを呟くと語り始めた。

「呪毒は魔法薬学と似て非なるもの。受けると赤紫色の蝶の形をした痣が首筋に浮かび上がり、作った人間の操り人形となって完遂するまで命令に従う。そして最後は自決するんだ。また、希釈したものを与えれば痣は出ないが徐々に衰弱して死んでいく、ふたつの作用を持つ厄介な代物だ。ここ五年くらい前から広がりを見せていて、官僚や宮廷魔法使いの間では問題視されていた」

「魔法薬学と似て非なるものというのはどういう意味ですか？」

シシィナが小さく手をあげて質問する。

ルディウスはその違いについて教えてくれた。

「呪毒は薬草と魔力、あるいは魔法石を用いて作られる。そこまでは魔法薬と同じ工程だ。だが、それとは別のものがもうひとつ必要で、ずっとたどり着けなかった……」

ルディウスはいったん話を切り、シシィナの手の上に自身の手を重ねてきた。

シシィナが驚いて目を見張るとルディウスが優しく微笑みかけてくれる。

「シシィがずっと欲しかった答えを教えてくれたんだ」

「私が？　なにも手助けなんてしていません」

特効薬に関して役立つことはなにもしていない。それどころか、呪毒に関しては首を突っ込むなと以前ルディウスから忠告を受けていたので避けていた。

シシィナはきょとんとした様子で首をかしげる。

ルディウスは人さし指を立て、別邸でシシィナが披露したビーズ織りだと答えた。

「呪毒に必要なのは古代魔法だった。完成させるには、古代語を使った呪詛の詩が必要だったんだよ」

「呪詛の詩？」

話を聞いたシシィナはハッと息をのむ。

（そうだわ。まじないにはふたつの詩を用いるんだった。ひとつは私が知っている相手の幸せを願うための詩。だけどもうひとつは、お母様にいくら聞いても教えてもらえなかった。あれは不幸を願うための詩だったのね）

どうりでいくらせがんでも教えてくれなかったわけだ。当時のシシィナは分別のつかない幼子だ。むやみに誰かを呪わないよう母が配慮したのかもしれない。

「……つまり、これで呪毒は完全に解明できた。そういうことですね？」

「ああ。シシィのおかげでずっと研究し続けていた特効薬がついに完成したんだ」

ルディウスの役に立てたと知ってシシィナはうれしくなる。

特効薬が完成したのなら、操られている人たちを解毒できる。

誰も傷つかず、命を落とさずに済むのならそれに越したことはない。

シシィナが感慨深げに胸に手をあてる。

するとルディウスが手首の辺りを眺めてきた。

「そういえば、ブレスレットはどうした？　髪色が戻っているから気になっていたんだが」

「それが。……実を言うと壊れてしまいました」

指摘されて本来の髪色になっていることを思い出し、壊れたブレスレットが入ったハンカチをポケットから取り出して手の上で広げる。

「この髪色では私だとすぐにわかるので、しばらくは出歩けませんね」

シシィナはしゅんと肩を落としてから髪をもてあそぶ。

昔は母と同じこの髪色が好きだった。しかし、珍しいからとナイルズに目をつけられてからは嫌悪感しか抱かなくなった。

こんな色でなければ悲惨な運命をたどらなかっただろうから。

シシィナの表情に暗い影が差していると、ルディウスが優しい手つきで髪を掬《すく》う。

「いつもは目立つから隠しているけど、ストロベリーブロンドの方があなたらしいと思う」

「……慰めてくださりありがとうございます」

「慰めてない。俺はあなたの髪が、髪だけじゃなくて……」

ルディウスはなにかを言いかけると突然口をつぐんでしまう。その先の言葉が気になるところだが、それよりもたった今の言葉にシシィナはドキリとした。

『ストロベリーブロンドの方があなたらしい』

シシィナの胸がきゅうっと音をあげる。顔全体が熱を帯びてくるのがわかって、シシィナはルディウスから視線を逸らした。

ルディウスもルディウスで気恥ずかしくなったのか小さく咳払いをする。

「とにかく、壊れたブレスレットは俺に預けてもらえないか。直すのに数日かかるかもしれないがもとには戻せる。……これからもシシィには、助手としてそばにいてほしいから」

シシィナはうれしさのあまり泣きそうになった。

たとえそこに恋愛感情はなくても、ルディウスに必要とされるだけで幸福を感じる。

なのに欲張りなもうひとりの自分が、もっと幸せになりたいと叫ぶ。

シシィナは必死に言い聞かせた。

（彼はセシリアの想い人。彼女の恋を邪魔するわけにはいかないし、逃亡資金が貯まったら私は植物園をやめてエドモンドを連れて身を潜める。助手としてそばにいさせてもらうだけで十分よ。だから……この感情は決して口にしてはいけない。いけないの）

わかってはいても、秘めた想いを打ち明けられないもどかしさから胸が苦しくなる。

「ありがとう、ございます」

お礼だけ伝えたシシィナは、ハンカチに包んだブレスレットをルディウスに託した。

「ブレスレットが直ったら、また夜にこっそりそちらに行ってもいいか？」

「はい。もちろんです。いつでも来られるように窓の鍵を開けておきますね」

「約束だ、シシィ」

ルディウスはフッと目もとを緩めると、慈しむような表情をシシィナに向ける。

宝石のように輝く美しいすみれ色の瞳を見ていたら今にも吸い込まれそうで、シシィナは咄嗟に顔を逸らした。

ルディウスは身を乗り出してシシィナの顔にかかった髪を優しく耳にかけ、耳もとでささやく。

「シシィ。俺を見て」

熱い吐息が耳たぶに触れてシシィナの体がびくりと反応する。恥ずかしくなって目を閉じていたら、ルディウスの手が頬をなでてくる。

「シシィ」

再度促されてシシィナが目を開いて頭を動かすと、先ほどよりも近いところにルディウスの顔がある。これほど間近でルディウスの顔を見ることなんて今まで一度もなかった。

シシィナは羞恥心でいっぱいになりながらもルディウスを見つめ返す。

「ルディウス様……」

見つめ合っているうちにどちらからともなく顔が近づいていく。やがて、唇が触れるか触れないかというところで、ガタンと馬車が大きく揺れて停車した。

「……屋敷近くに着いたようだな」

「そ、そうですね」

シシィナは慌ててルディウスと距離を取り、真っ赤になった顔を逸らした。

今のはなんだったのだろうか。

(あのままいけば間違いなく私、ルディウス様とキスしていたんじゃ……?)

顔全体がさらにカッと熱くなった。

両頬を手で押さえながら狼狽《ろうばい》するシシィナに「そうだ」とルディウスが声をかける。

「別れる前にこれを渡しておく」

そう言って、手のひらに大粒のサファイアがついた指輪をのせて差し出した。

「肌身離さず身につけてくれ。まじないをかけてあるから、危険からシシィを守ってくれる」

指輪には、首から提げられるようにチェーンがついていた。たしかに指輪などはめていたらハンナ夫人とセシリアに目をつけられてなにを言われるかわからない。最悪の場合、取り上げられる可能性だってある。

（お義母様やセシリアに見つからないよう工夫してくださったのね。屋敷掃除や水仕事でも手を使うからこの方がありがたいわ）

シシィナはルディウスから指輪を受け取り微笑んだ。

「ありがとうございます。絶対にはずしません」

ほどなくして御者が外から扉を開けてくれた。

ルディウスは先に降り、車内にいるシシィナに手を差し伸べてくれる。シシィナはその手を取ると地面に降り立った。

「特効薬が完成したが、さらなる改良に向けて明日も忙しくなる。よろしく頼むぞ」

「はい。これからもがんばらせていただきます」

シシィナは小さくうなずいて微笑み返し、ルディウスと別れた。

＊＊＊

人気のない場所に止まっていたルディウスの馬車は、シシィナが屋敷に入ってからしばらくして再び走り始めた。

ふたりが会っていたところは誰にも見られていない……と思われた。だが、その様子を建物の影から眺めている人物がいた。

「どうしてあの冴えない女が、ルディウス殿下と一緒にいるのかしら？」

それは侍女を連れたセシリアだった。

口もとをへの字に曲げて爪を噛み、嫉妬の炎を燃やしている。

「ルディウス殿下についた悪い虫は私が駆除しないと。……すぐに手を打ちましょう。幸い、あの人なら私に協力してくれるわ」

セシリアは頬に手を添えると不敵な笑みを浮かべた。

◇第六章　ナディア側妃のお茶会

シシィナを屋敷まで送ったルディウスは植物園へ引き返していた。

揺れる馬車の中、カーテンの隙間から夕闇の迫る街を眺める。

オレンジ色からすっかり紫紺色になった空の下には魔法石で作られた外灯がともり始め、暖かな色で街中を優しく包み込んでいた。

大通りに出て人通りが多くなってきたところで、ルディウスは窓から離れた。それから先ほどまでシシィナが座っていた向かいの席へ視線を移す。

シャルマ侯爵が呪毒によって操られた警備兵に襲われた。巻き込まれる形でシシィナも殺されそうになった。

呪毒で操られているかどうかは、首筋の赤紫色の蝶の痣を確認すればわかる。簡単に確認できるのはいいが、関係者以外の侵入を防ぐ結界魔法との相性が最悪なため今回は襲撃を防げなかった。

(万が一に備えて警戒はしていたが、向こうが警備兵を使うとは思わなかった)

凄惨な結果にならなかったのは不幸中の幸い。とはいえ魔法伯の称号を持ちながらなにもできなかった自分の至らなさを痛感して、悔しさが込み上げてくる。

ルディウスは園長室での出来事を振り返った。

現場に駆けつけると、そこにはけがを負ったシャルマ侯爵と、かばうようにして警備兵の前に立ちはだかるシシィナがいた。正直言うとあのときは正気ではいられなかった。

シシィナを守るために防御壁を張りはしたものの、最初は警備兵を亡き者にするため攻撃魔法を放ちそうになったほどだ。

踏みとどまったのはもちろん、警備兵が被害者だったから。悪いのは呪毒で他人を操っている首謀者だ。サイラスと協力して警備兵に特効薬を飲ませることに成功し、最後は場を治められた。

怖かっただろうに、シシィナは馬車に乗ってからもずっと気丈に振る舞っていた。

その健気な姿を見ていると、彼女が生きているという安堵から失いたくないという切ない感情に襲われた。そして二度と手放したくないという気持ちが増していく。

焦燥感に駆られて、馬車に乗っている間はずっと胸が張り裂けそうだった。

(あのまま馬車が停車して揺れなければ、俺はシシィの口を塞いでいたかもしれない)

唇が触れるか触れないかの距離まで迫っていたのを思い出したルディウスは、咳払いをする。

露骨な態度を取ったから嫌われたかもしれない。不安を覚えてシシィナを見たら嫌がるそぶりはなかった。おそらくルディウスが第一王子だから抵抗できなかったという考えが一瞬頭をよぎったが、それはすぐに吹き飛んだ。

なぜならシシィナの顔がこれ以上ないくらい真っ赤になっていったから。

そんな表情を見ては期待してしまう。

もしかしたらシシィナは自分を好きなのではないか、と――。

そこまで考えたルディウスは、自惚れた考えだと失笑する。

(告白もしていないし、シシィの気持ちも直接聞いていないのに、俺はなにをしているんだ。一方的に自分の感情を押しつけるなんて、相手を見ていないのと同じじゃないか)

ルディウスはキスしそうになった後、シシィナに自分の気持ちを伝えようと思った。しかし、あと一歩のところで思いとどまった。

この関係が壊れるのが急に怖くなって勇気が出せなくなったからだ。

その結果、邪を払うまじないがかかったサファイアの指輪を渡し、あたり障りのない言葉を選んで別れた。

好きな人を前にすると怖じ気づいてしまう自分を呪いたい。記憶にはないが、シシィナを失った心の傷から歯止めがかかってしまうのだ。

「助手としてではなくひとりの女性としてそばにいてもらうためには、俺が気持ちを伝えないといけない。でなければ、俺はまた彼女を失う羽目になる」

自然と口を衝いて出た最後の言葉に、ルディウスは目を丸くする。

以前から何度も繰り返し浮上するシシィナを失いたくないという気持ち。

ルディウスはその根源を探るため、真剣に考える。やがて、ひとつの答えを導き出した。

「おそらく俺は……アニスの特性を借りて人生をやり直している」

聖獣は固体によってそれぞれ特性を持っている。契約者側の魔力量が多ければ多いほど、聖獣はその力を貸してくれる。

アニスには、時間を一定のところまで戻す力がある。

無意識のうちにシシィナを失いたくないと思うのは、前に一度彼女が死んでいるからだろう。

「やり直す前の記憶がないのは特性の代償なのかもしれないな」

道しるべは自分の感情のみ。

シシィナに出会ったときから、ルディウスには彼女を守らなくてはいけないという使命感のようなものが胸の中にあった。記憶を失っても感情が羅針盤のように自分の行く道を教えてくれている。

「前世の記憶がないからシシィの死因はわからない。でも、なんとなく……呪毒と関係があるような気がする」

単なる憶測にすぎないが、気のせいだと決めつけて終われそうもない。

こうなれば呪毒問題を早急に片づける必要がある。

ルディウスは難しい顔をしながらしばらくの間、シシィナが座っていた場所を眺めた。

植物園に戻ったルディウスが研究棟に入ると、サイラス率いる研究員がかいがいしく動き回っていた。

室内は興奮と歓喜で沸いていて、皆いつも以上に仕事に熱が入っている。そんな中でサイラスがルディウスに気がつき、駆け寄ってきた。

「おかえりなさいませ」

「その様子なら無事に特効薬は効果を発揮したようだな」

ルディウスは周りの雰囲気から、完成した特効薬に効果があったのだと確信した。

サイラスは周りを見回してからうなずく。

「ええ、ご覧の通りです。シャルマ侯爵たちを襲った警備兵の経過観察を行いましたが、完全な解毒に成功しました。今は意識も戻り、健康に問題はありません」

いつもは冷静で淡々としているサイラスも、今回ばかりは研究員たちと同じように興奮して声が弾んでいる。

「古代魔法について、寝る間も惜しんで調べてくれたサイラスのおかげだな」

ルディウスがねぎらうとサイラスは鼻の上を指でこする。

「私はサポートしただけですよ。それもこれもシシィナさんのおかげです。彼女が古代魔法を知っていなければ、特効薬完成には至りませんでした」

サイラスの言う通り、一番の功績はシシィナにある。彼女がビーズ織りを編みながら古代魔法を披露してくれなければ、この先も特効薬は完成しえなかった。

サイラスは大きな丸眼鏡をかけ直すと警備兵について話し始める。

「解毒した警備兵ですが聞き取りを行ったところ、操られていた間の行動はなにひとつ覚えていませんでした。最後の記憶は背後から何者かに襲われ薬を飲まされたところまでのようです。せっかく首謀者を捕まえる突破口が切り開けると思っていたんですけど」

サイラスは首謀者の証拠を少しは握れるのではと期待していたようだ。あてがはずれてがっかりしている。

ルディウスはサイラスの背中を叩くと慰めた。

「どうせ警備兵を襲ったのだって呪毒で操られた人間のはずだ。そう焦らなくていい。特効薬完成のニュースが広まれば、向こうから尻尾を出してくる」

「そうだといいんですけど。私としてはこんな薄気味悪い事件が早く解決することを願うばかりです」

サイラスはわざとらしく肩をすくめてみせる。

ルディウスは、自分にしか開けられないよう魔法をかけていた保管庫の扉を開けた。中には薬が入った小瓶がたくさん並んでいる。

「特効薬は俺の魔力で大量に作ってある。解毒すれば、聞き取りで首謀者にたどり着けるかもしれない」

「やはり地道にやっていくしかないですね。近衛騎士に協力を募り、彼らと一緒に呪毒患者の解毒を行います。あと研究棟に宮廷魔法使いを手配しています。殿下の魔力量がすごいのは知っていますが、人が多ければ多いほど量産できますから」

入念に段取りをつけたサイラスは一礼してすぐに行動に移る。

一方のルディウスは、研究員たちに製造方法を指南していったん執務室へ戻った。平常時の服装から正装に着替えを始める。特効薬が完成したことを、これから父である国王陛下に謁見して報告しなくてはいけない。

袖のボタンを留めていると「ニャウン」と鳴くアニスがどこからともなく現れる。

『やれやれ、やっと特効薬が完成したみたいだな。さすがの私もくたびれたぞ』

「アニスの寿命からすれば、俺が特効薬に費やした時間など微々たるものだろう」

『そうだな。まあ、これが一度目なら』

意味深な言葉を呟くアニスに、ルディウスは聞き返す。

「一度目……？　なあ、アニス。ずっと疑問に思っていたんだが、俺はおまえの特性を使って人生をやり直しているのか？」

真剣な声で尋ねたら、アニスは尻尾を揺らしながら答えてくれる。

『さあどうだろう。制約上答えられる質問と答えられない質問があるからな』

「これくらい、答えてくれてもいいじゃないか」

わざとらしくすっとぼけるのでルディウスはムッとする。

アニスがケラケラと笑った。

『気づいているのなら仕方あるまい。ルディの予想はあたっている。とはいえ私はこの世界に干渉するわけにはいかないから、それ以上は聞かないでくれ』

アニスの時を戻す特性は長期予測不能性、つまり些細な変化が後に非常に大きな事象を引き起こす可能性を秘めている。聖獣は契約者に力を貸すだけであって、迂闊に世界全体を操作するのを許されていない。それが聖獣に課せられた制約だ。

ルディウスは初めて制約について教わったときを思い出し、アニスの言葉を頭の中で反芻《はんすう》する。

「もうそれに関する質問はしないから安心してくれ。話は変わるが、呪毒の調査はどうなっている？　サイラスに比べてなんの収穫もないじゃないか。まさかそれも制約に入るから口にできないのか？」

『まったく青二才が。知った口をきくな』

アニスはぶぜんとしてルディウスを睨んだ。これはルディウスのちょっとした意趣返しだったが、十分な効果を発揮した。

ルディウスが機嫌を直すよう何度も謝ると、ようやくアニスがイカ耳をもとの状態に戻す。

『真面目な話、場所を特定するのに苦労した。だってあそこは私が入らないように心がけていた場所だったからな』

「入らないように心がけていた場所？」

ルディウスが尋ねると、アニスがはっきりと言った。

『あそこは普段から嫌な魔力が流れていたから好きじゃなかったんだ。意識的に避けてもいたしな。その場所というのは――』

場所名を聞いて首謀者の顔が浮き彫りになる。

「そうか。だから突き止められなかったのか。これは調査を慎重に進める必要があるな。国王陛下との謁見後に調べに行ってみよう」

ルディウスはマントを翻し、アニスとともに執務室を後にした。

＊＊＊

植物園襲撃事件から一週間後。

シシィナは早朝から、エドモンドの部屋の空気を入れ換えるために訪ねていた。

カーテンを開き、タッセルで留めて窓を開ける。そよ風が室内に入ってきて、シシィナのストロベリーブロンドの髪を揺らした。

シシィナは頬にかかった髪を耳にかけ、空を仰ぐ。

雲ひとつない青空はどこまでも澄みきっていて、見ているとこちらも晴れやかな気持ちになる。

「姉様、最近なんだかうれしそうだね。いいことでもあったの？」

突然ベッドにいるエドモンドに尋ねられ、シシィナはドキリとして肩を揺らした。

「そ、そうかしら？　気のせいじゃない？」

シシィナがはぐらかすと、横になっているエドモンドがそうかなあ？というような視線を投げてくる。

「とにかく。最近本邸の掃除以外でも忙しくしているみたいだから、あまり無理しないでね」

「ありがとう、エドモンド。じゃあ私はそろそろ行くわね」

シシィナは手を振ってエドモンドの部屋を出た。

寝室に戻ったシシィナは姿見の前に立ち、ブラシで髪を梳かす。

ナイルズと会う約束の日が間近に迫ってきているのに、心が浮ついている。

ほんの少し前までは、ナイルズとの約束の日が近づくにつれて憂鬱で仕方がなかったし、当日を考えると胃が痛くなっていた。

なのに、今はその悩みよりも別のものがシシィナの心を占めている。

それは帰りの馬車で行われたルディウスとのやり取りだ。

（ルディウス様は、私の髪色を私らしいっておっしゃってくれたわ）

ナイルズのせいで大嫌いになったストロベリーブロンドの髪。

憎くてたまらなかったのに、ルディウスの言葉が簡単に好きという気持ちへと上書きしてくれる。まるでルディウスが魔法をかけてくれたみたいだった。

髪をブラシで梳かし終えた後は、綺麗にまとめて高い位置でくくる。

「さて、今日も本邸で働かなくちゃ！」

汚れてもいい灰色のドレスとエプロンを身にまとい、最後にもう一度くまなく全身を確認する。

姿見に映る自分と目が合って、不意に馬車での出来事――ルディウスの端整な顔が近づいてきたときを思い出す。

（ルディウス様は私のことをどう思っているのかしら。だってあのままいけば……）

間違いなく唇が重なっていたはずだ。

おもむろに、シシィナは唇を指でなぞる。あれはいったいなんだったのだろう。考えれば考えるほど、自惚れた答えが導き出される。

「へ、変な期待を抱かない方がいいわ。だってルディウス様はセシリアの想い人で好きになってはいけないから……」

姿見に映る自分を見つめる。その表情は悲しげだ。

「私は逃亡資金が貯まったらナイルズ様から逃げるために身を隠すもの」

だからこそ期待してはいけない。そう言い聞かせているのに、心の中でもうひとりの自分が問いかけてくる。

（ルディウス様の本心がわからないのに勝手に決めつけてもいいの？）

これまでシシィナは、ハンナ夫人とセシリアに虐げられている自分がルディウスに好意を寄せられるなんてありえないと心のどこかで思っていた。

もしルディウスが好きになるとするなら彼と同じくらい美しい女性で、その人と結ばれる運命にあるのだと信じて疑わなかった。

（美しいセシリアならルディウス様と釣り合うと思っていたけど、今まで一度も彼の気持ちを考えたことがなかったわ）

思い込みが解けたシシィナはルディウスの気持ちを改めて考えようとする。

すると、クロエが寝室に入ってきた。

「おはようございます。本日はお掃除をしなくていいと奥様から言いつかっております。それよりも、こちらのお召し物に着替えて本邸に来るようにと」

クロエが持ってきた衣類を広げてみたら、それはとてもかわいらしいドレスだった。

「どうしてドレスを？　サイズも色味も私にぴったりで、セシリアのために作ったものとは思えないわ」

胡乱なものを感じ取ったシシィナは、ドレスをベッドの上に置く。

「気まぐれに親分風を吹かせているだけでは？　こういうときくらいもらっておきましょうよ」

そう言われても、いつもと真逆の態度に胡散くささを感じずにはいられない。

シシィナが警戒しているとクロエが急かしてきた。

「さあ、早く着替えませんと。遅れては奥様に叱られますよ」

「そ、そうね」

クロエに急かされて着替えを始めるも、やはり腑に落ちない。

しかし、それが具体的になんなのかは着替えが終わっても突き止められなかった。

すべての準備が整ったので、シシィナは廊下へ出て階段を下りる。

「お待ちください。お渡しするものをひとつ忘れておりました。こちらの手紙をシャルマ侯爵夫人の使いの者よりひそかに預かっています」

シシィナは渡された手紙の封を切る。

「これは――」

文面の内容に思わず言葉を口にしたとき、玄関の扉が開く音がした。

「お嬢様をお迎えに参りました」

なんとも珍しい。執事が別邸までやって来た。

シシィナは執事からは見えないようにしてクロエに手紙を渡し、一階まで下りる。

「わざわざ迎えに来なくてもいいのよ」

「大事なお嬢様になにかあってはいけません。ささ、参りましょう。お客様がお待ちです」

「お客様？」

嫌な予感がしてシシィナは眉をひそめる。ただの取り越し苦労で終わればいいと願いながら本邸に足を踏み入れるが、予感は的中した。

応接室にはセシリア以外の面々、ハンナ夫人とナイルズのふたりが揃っていた。

シシィナは用意されている席に着くや否や、ここぞとばかりにナイルズを非難する。

「クロストン伯爵、お茶をする日は明後日のはずです。約束も取りつけずに来るなんてマナー違反ではないですか？」

「僕の段取りが悪くて申し訳ございません。一日でも早く君に会いたくて」

ナイルズは眉尻を下げ、低姿勢で謝ってくる。

心にも思っていないことを、と思いながらシシィナは奥歯を噛みしめた。

すると優雅にお茶を飲んでいたハンナ夫人がシシィナを牽制する。

「目くじら立てるなんてはしたない。私の方に連絡はきていたから問題ないわ。それで、クロストン伯爵はどのようなご用件で来られたのでしょうか？」

本題に入るようにハンナ夫人が促すとナイルズは席を立ち、シシィナの目の前でひざまずいて頭を垂れた。

「突然で驚かれるかもしれませんが、シシィナ嬢、僕と結婚してください」

「は、い？」

それは予想だにしなかった言葉だった。

ナイルズの言葉に心臓が一瞬止まったような気がした。恐れていた事態が予定よりも早く起きている。シシィナは呼吸が止まっているのを思い出して、肺にたまった空気を吐き出し、口を開いた。

「お、お待ちください。まだふたりきりでお茶もしていないんですよ？　段階を踏まずに結婚だなんて」

「段階なんて必要ありません。初めて会ったときから僕は君を片時も忘れることができなかったのです。どんな令嬢に会ってもこんな感情は抱かなかった！」

熱烈な告白であるのに寒気と吐き気がする。これがナイルズでなければ心躍ったはずだ。

シシィナは乾ききった唇をなめると反論した。

「それは一時的なものです。お互いを知らないまま結婚だなんて。後で後悔します。冷静になってください」

「僕は常に冷静です。モンクレイフ公爵家の事情、とくにエドモンド君のことでためらっているのなら心配はいりません」

「どうしてエドモンドのことを知っているんですか？」

シシィナは眉をひそめて尋ねた。

「公爵夫人より事情を聞きました。安心してください。クロストン伯爵家が全面的に援助しますから」

「そうおっしゃられましても、私の気持ちを考えてください」

「君は運命の人で間違いない。すべてが僕の心を魅了する。だから僕を受け入れて」

理も非もない一方的な主張ばかり聞かされて頭痛がする。

シシィナがこめかみに手をあてる一方で、ハンナ夫人がナイルズを後押しした。

「お互いのことなんて結婚してからでも遅くないし、いくらでもわかり合えるわよ。ここまであなたに執心してくれているんだから伯爵の求婚をお受けしなさい。女は男に愛されるのが一番の幸せだわ」

たしかに、男性に愛されることは幸せに違いない。しかし愛にはいくつもの形があり、ナイルズのようなゆがんだ愛では幸せになれないのをシシィナは身をもって知っている。

「わ、私はまだ心の準備ができていません。……ですから少し考える時間をください」

「シシィナ！　おまえはなにを言っているかわかっているの？」

ハンナ夫人が叱咤する声が室内に響く。

「公爵夫人、落ち着いてください」

こめかみに青筋を立てるハンナ夫人をナイルズが制する。

その間にシシィナはさっと席を立ち、逃げるように応接室を出た。

廊下を足早に進み、ある程度離れたところでシシィナは立ち止まる。そして壁に手をついて思いきり息を吐き出した。

ひとまず危地を脱して安堵する。とはいっても時間を稼いだだけで完全に結婚から逃れられたわけではないため、早く逃亡準備を進める必要がある。

シシィナが自分の意見を口にできたのは、別邸を出る直前にもらったアイラ夫人からの手紙がきっかけだ。封筒の中に、納品したビーズ織りの売上明細表と小切手が入っていたのだ。

その金額と貯めてきた金額を合わせせると、ついに逃亡資金の金額が目標に達した。

これまで心の中で燻っていた憂いが一気に晴れた。

もうハンナ夫人にもナイルズにも怯える必要はない。だって、シシィナには自分の足で歩いていけるだけの力が手に入ったのだから。

溜飲が下がる思いをしていると、うしろから声をかけられた。

「待ちなさいよ」

振り返ると、セシリアが腰に手をあててこちらを睨めつけている。

なにをそんなに怒っているのかわからなくて、シシィナは怪訝な表情を浮かべた。

「えっと、どうしたの?」

シシィナが尋ねたら、セシリアは苛立たしげに舌打ちする。

「どうしたもこうしたもないわ。お義姉様、私に謝ることがあるはずよ」

「謝る?」

オウム返しに繰り返すと、セシリアがまた舌打ちをする。

シシィナはしばし黙考した。

頼まれた代筆はいつも通りこなしているし、朝の掃除だって気配を消して空気に徹している。怒っている理由が見当もつかなくてシシィナは困り果てる。

すると柳眉を逆立てているセシリアが詰め寄ってきた。

「白を切るつもりなら教えてあげるわ。私が片想いしているルディウス殿下とこっそり会っていたでしょ？　馬車で送ってもらったところを見たんだから！」

シシィナは目を見開いて声をのんだ。細心の注意を払って、人気のない通りにわざわざ馬車を止めてもらったのに、見られていた。

（ひょっとして、植物園へ働きに出ているのを知られてしまった？　そうだとしたら、おじ様やルディウス様の迷惑になるわ）

動揺が伝わらないよう、平静を装ってシシィナは尋ねる。

「どうしてあなたがそれを知っているの？」

「散歩も兼ねて、マダム・シャルマントのもとへ注文していた髪留めを取りに行っていた帰りのことよ。ルディウス殿下の乗っていた馬車からお義姉様が降りてきた。まさか屋敷を抜け出していたなんて。殿下が働いている植物園へ足を運んでいたんでしょう？　待ち伏せして媚びるなんて卑怯だわ」
セシリアは、シシィナがルディウスにつきまとい媚態を呈していると勘違いしてい
るらしい。ひとまず植物園で働いているのはバレていないようで、シシィナは内心
ホッと胸をなで下ろす。
「エドモンドの薬を買いに行った帰りにお会いして、なりゆきで乗せてもらっただけ」
セシリアはシシィナが代筆のお金で薬を買っていることを知っている。だから納得
してもらえそうな話をでっち上げた。
しかし、出会った経緯よりもルディウスの馬車にふたりきりで乗っていたのが気に
くわないセシリアは、ますます険しい顔つきになっていく。
「殿下は皆には親切だけど、女性ひとりを特別扱いしないわ。あんたみたいな女は殿
下と釣り合わない。というか、身のほどをわきまえなさいよ‼」
胸ぐらを掴まれて無理やり引き寄せられる。シシィナの瞳にはすさまじい形相のセ
シリアがアップで映った。いつも余裕のある笑みを浮かべていじめてくるのに、今は
烈火のごとく怒っている。
「私から殿下を奪ったらただじゃおかないわ。クロストン伯爵から求婚されるように
私が彼を焚きつけてあげたんだから。泣いて感謝しなさいよ‼」

どの人生でも聞いたことがないくらい低い声でセシリアが言った。

求婚話が早まった原因は、セシリアの手引きによるものだった。

「それだけは絶対に嫌よ」

シシィナは激しく拒絶した。

やっと新しい未来が切り開けそうなのに、また悲劇的な運命をたどるなんて二度とごめんだ。もう誰にも自分の人生を台なしにはさせない。

シシィナはセシリアの手を振り払うと身なりを整えた。

「私の人生は私だけのもの。もう誰にも口出しなんてさせない」

「はあ？　ちょっと、待ちなさいって。まだ話は終わってないわ！」

キャンキャン喚くセシリアを尻目に、シシィナは別邸へ戻った。

ナイルズに少し考える時間が欲しいと言って時間稼ぎはした。だがあのナイルズがおとなしく待ってくれるとは考えにくい。

シシィナはすぐさま逃亡準備を開始した。ベッドの下から旅行鞄を取り出して必要なものを詰める。衣類に日用品、それからビーズ織りに使う道具とガラスビーズ。

「半分はエドモンドのものを詰めるから、私のものは必要最低限にしておかないと」

エドモンドには屋敷を出る間際になってから伝えるつもりでいる。

彼のことだ。今伝えれば、自分の荷物は自分で準備しようとするに決まっている。まだまだ体調が安定しないのに無理をさせるわけにはいかない。

（屋敷を出るなら皆が寝静まった真夜中がいいわ。変装するのに必要なブレスレットはルディウス様に修理してもらっているから。日中だとすぐに見つかってしまうもの）

ちなみに身を隠す場所は目星をつけている。それは母の祖国であるラノム王国だ。

ハルベイン王国内では、ナイルズが経営している商会を通じてあの手この手で捜索に出るはずだ。

しかしラノム王国となれば話は別。なぜなら、商会が貿易事業の拡大をしているのは国内での話で、まだ外国へは進出できていない。

（お母様の実家はお母様の代で途絶えたから頼れないけれど。ラノム王国へ渡れば私の髪色は普通だし、自由に街を歩けるわ。そしてナイルズ様の魔の手から確実に逃げられる）

本音を言えば、生まれ育ったハルベイン王国からは離れたくない。ルディウスやシャルマ侯爵夫妻とはこれからもずっと親交を深めていきたい。

だが、自分の気持ちを優先させることは許されないと知っている。国内にとどまれば、必ずナイルズに見つかっておぞましい屋敷へと連れていかれるのは明白だ。あの地獄を経験するくらいならあきらめるしかない。

シシィナは胸の辺りを手で押さえながら自分に言い聞かせた。

「なにもこれで関係が終わるわけじゃない。エドモンドが成人したらまた戻ってくればいいもの。そのときはエドモンドが公爵として、ナイルズ様の求婚を断ってくれる」

うしろ髪を引かれる思いではあるが、割りきらなくてはいけない。

シシィナは自分の分の荷物をまとめ終え、いったん鞄を閉じてベッドの下に隠す。

(おじ様には状況を知らせた方がいいわね。そうしたらきっとほかの人たちにも伝えてくださるはず)

シシィナは植物園でお世話になっている人たちを次々と思い浮かべる。

シャルマ侯爵にアイラ夫人、サイラス、一緒に働く職員の人たち。そして一番最後に浮かんだのはルディウスだった。

急にいなくなったらルディウスは悲しんでくれるだろうか。

「お嬢様、大変です!」

「そんなに慌ててなにがあったの?」

突然クロエが部屋に駆け込んできたのでシシィナはびくりと体を揺らした。まさか、ナイルズが別邸に乗り込んでこようとしているのだろうか。

ドクドクと脈打つ心臓の辺りを押さえながらクロエの次の言葉を待つ。

クロエは息を整えて、手に持っていた一通の手紙を、シシィナが見える位置まで持ち上げた。

「たった今、宮殿の使者からお嬢様宛ての招待状を受け取りました」

「招待状？　差出人は誰？」

一瞬、ルディウスのことが頭をよぎったが、シシィナの置かれた状況を知っている彼がわざわざ公爵邸に手紙をよこしてくるはずがない。

手紙をひっくり返して封蝋の印章を確認する。そこにはナディア側妃のものが押されていた。

「これってまさか、ナディア側妃からの招待状!?　本当に私宛てなの？」

なにかの手違いでセシリア宛ての手紙がシシィナに届けられたのではないか。

しかしもう一度表を確認すると、そこにはしっかりとシシィナの名前が書かれていた。恐る恐る封を切って、手紙の内容を確認したシシィナは目を見張った。

「……本日の午後、お茶を用意してお待ちしております」

ナディア側妃と直接関わったことなど一度もない。この前の舞踏会でも遠巻きに眺めていただけだった。したがって招待された理由はひとつだけ。

彼女は甥であるナイルズとの結婚を後押しするためにシシィナを呼んだのだ。

「お嬢様、使者の方は本邸でお待ちになっております。どうなさいますか？」

シシィナは長いまつげを閉じて小さく息を吐く。

（私のために設けられたお茶会だけど、ここで欠席すればモンクレイフ公爵家がナディア側妃の顔に泥を塗ったとして非難されるでしょうね）

要するに、このお茶会でシシィナに拒否権というカードは存在しない。

再び目を開いたシシィナは、クロエを見て手短に言う。

「使者の方に支度する旨を伝えて。お茶会に出席するわ」


宮殿内の美しい庭園が一望できるテラスにて。

「お初にお目にかかります。シシィナ・モンクレイフと申します。以後、お見知りおきを」

シシィナはスカートの裾を摘まみ、頭を下げてナディア側妃に挨拶をした。

テラスには庭園で育てられた鮮やかな花が陶磁器の花瓶に生けられており、濃厚な香りを放っている。

「顔を上げて。椅子に座ってちょうだい」

鈴を転がすような綺麗な声がして顔を上げる。視線の先では妖艶で年齢不詳の美女、ナディア側妃がガラスでできた丸テーブルに肘をつき、長い脚を組んで座っている。真っ赤なマーメイドドレスに身を包むナディア側妃の腕には、ビーズ織りのブレスレットが。そして結い上げた髪にはビーズ織りの髪留めが飾られていた。

（流行に敏感な方なのね。専属のデザイナーに作らせたのかしら。どのビーズ織りも洗練されていてとっても綺麗だわ）

シシィナはナディア側妃を観察しながら「失礼します」と言って用意された椅子に腰掛ける。

それを見計らったように、後方で控えていたふたりの女官が茶菓やテーブルウェアをのせたワゴンを押してやって来る。注がれたばかりのお茶とひと口サイズのトリュフチョコレートが目の前に並べられた。見るからにおいしそうなトリュフチョコレートは、甘くてとろけるような口溶けが想像できる。しかし緊張しているシシィナは食欲がまったく湧かなかった。

ナディア側妃は緩慢な動作でお茶に数個の角砂糖を入れ、ティースプーンで混ぜる。

「突然の呼び出しに応えてくれてありがとう。どうしてもあなたに話したいことがあったの」

ナディア側妃は混ぜ終えたティースプーンをソーサーの上に置く。

「今日呼び出したのはほかでもないわたくしの甥、ナイルズのことよ。わたくしは直談判するためにあなたを呼び寄せたの」

やはりナイルズに関する話だとわかり、シシィナは背筋を伸ばす。

ナディア側妃は甘いお茶を堪能しながらシシィナに問う。

「あなた、ナイルズのことをどう思っていて？　最近あの子はあなたの話ばかりするものだから、わたくしはとても気になっているの」

「私はナイルズ様とそれほど親交を重ねていないので、どう思っているか尋ねられてもよくわかりません」

シシィナはナイルズをよく知らないふりをして言葉を濁す。

ナディア側妃は微笑んでシシィナを見た後、平皿にのっているトリュフチョコレートをひとつ手に取り頬張る。

「あら、それならどうしてナイルズがあそこまでシシィナ嬢に恋い焦がれているのかしら？　今まで誰かに夢中になるなんてなかったし、こんなの初めてよ。ナイルズのことだからもう求婚していると思うのだけれど」

ナディア側妃は先ほどナイルズが求婚してきた事実を知らない。しかし、彼の考えることなど手に取るようにわかるらしい。また、シシィナが否定しないあたりから彼女の中でそれが確信に変わったようだ。

ナディア側妃は色を正し、真面目な表情になる。

「わたくしは叔母という立場だけれど、ナイルズを弟のようにかわいがってきたわ。本当にいい子でわたくしの家族にもよくしてくれているのよ。だけどあの子は昔から厳しく育てられて、いろいろと我慢をさせられたの。だからナイルズが想いを寄せる女性とは幸せになってほしいわ」

シシィナに畳みかけるようにナディア側妃は話を続ける。

「夫にするならナイルズが一番だと思うわ。だってあなたに一途なんですもの」

ナディア側妃はナイルズの本性を知らない。たしかにはたから見ればナイルズは一途だ。

『夫にするならナイルズが一番』と言っている点から、ナディア側妃はナイルズとの結婚を推し進めようとしているらしい。

ナイルズの魔の手が忍び寄ってくるような感覚がして、シシィナの全身が粟立つ。

「私などクロストン伯爵にふさわしくありません。容姿も義妹に比べたら平凡で、父が逝去してからずっと屋敷にこもっていました。社交界デビューすらできていません」

シシィナは自分がいかにナイルズにふさわしくないかを並べ立てた。いくらナイルズが結婚を熱望していたとしても、欠点だらけの娘となればナディア側妃とてシシィナをクロストン家の一員には加えたくないはずだ。

ナディア側妃は、皆まで言うなと手で制してきた。

「不安になって悪いところばかり目が向いてしまうのは仕方がないけど。……いいところにも目を向けてみてはどうかしら？　モンクレイフ家とクロストン家が結ばれたら強固なつながりができるわ。それにクロストン家は事業が成功しているからお金持ち。毎日贅沢な宝石やドレスを着て、優雅な生活ができるわよ」

ナディア側妃はシシィナが一種のマリッジブルーに陥っていると判断したようで、この結婚にどういったうま味があるのかを例をあげて畳みかけてくる。

「家を盤石な体制にするのも令嬢の務めだと、重々理解しております。ですが、私にはまだ心の準備ができていません。そしてナイルズ様の突然の求婚に戸惑っています」

シシィナは申し訳なさそうな顔をして眉尻を下げる。

「ごめんなさい。ナイルズもわたくしもあなたの答えを急かしすぎたわね。今一度、どうするのが一番なのか、しっかり考えてみて」

シシィナは膝の上にのせた拳を握りしめながら微笑みを浮かべた。

「アドバイスしていただきありがとうございます」

本当はナディア側妃にナイルズの本性を暴き、結婚しない旨を伝えたい。しかし彼女にとってナイルズはかわいくて大切な甥。初対面のシシィナの言葉を信じるはずがない。

したがってシシィナは、ナイルズから突然求婚されてびっくりしている体《てい》を装った。

これならナディア側妃も結婚しろと強くは言えないはずだから。

予想通りナディア側妃は、これ以上強要はできないとして引き下がってくれた。

「シシィナ嬢がナイルズの伴侶になってくれるのを心から願っているわ」

ナディア側妃はお茶を飲み終えると、ゆっくりと立ち上がる。

この後に公務を控えているらしく、ふたりだけのお茶会はそこでお開きとなった。

◇第七章　運命の分かれ道

モンクレイフ家の本邸に馬車が到着したときには夕闇が迫っていた。

馬車から降りたシシィナは、本邸から別邸へ続く小径を歩く。

ナディア側妃のお茶会を無事に終え、ドッと疲れが押し寄せてくる。もう体は綿のように疲れていて、このままベッドに入って眠ってしまいたい気分だった。

(もうひと踏ん張りしなくちゃいけないのに気力がない。……そうだわ)

歩みを止めたシシィナは首につけているチェーンを手にして、服の下に隠していた指輪を取り出した。

(この指輪から元気をもらいましょう。ルディウス様が私にくださったお守りの指輪)

指輪には大粒のサファイアがついていて、薄暗い景色の中でもわずかにきらめきを放っていた。シシィナはサファイアをしげしげと見つめながら、指の腹でなでた。

(ルディウス様は私を心配してくださっている。いくら助手だからって、普通指輪を渡すかしら?)

彼が周りの人に親切なのは知っている。しかし、指輪を渡すとまでなると度を超しているような気がしてならない。

不意に、シシィナの頭の中にルディウスの姿が浮かぶ。やわらかに微笑む彼は慈愛に満ちた眼差しをしている。これは最近、彼がシシィナによく見せる顔だ。

たちまちシシィナの心臓が跳ね、きゅうきゅうと音をあげて締めつけてきた。

（自惚れと言われたらそれまでだけど……少しは、期待してもいいのかしら）

指輪を見つめながら物思いに耽るシシィナ。

（だけど今は彼の気持ちを確かめるよりも、ナイルズ様との結婚を回避しないと）

シシィナは祈るように指輪をぎゅっと握ってから、もう一度服の下にしまい込む。

どうにかお茶会は乗りきれた。しかしそれはナイルズのときと同様に時間を稼いだにすぎない。長くは持たないので早く行動しなければ。

（別邸に戻ったら、残りの荷物を詰めてエドモンドに今夜ここを出ると話しましょう）

顎を引いたシシィナは気を引きしめ直し、再び別邸に向かって歩き始めた。


「――おかえりなさい。待ちくたびれていたわよ」

玄関扉を開けると、すさまじい形相のハンナ夫人とセシリアが待ち構えていた。

少し離れた場所にはクロエが怯えた様子で立っている。

いつもきっちりと結い上げている髪は乱れ、頬が赤く腫れている。

「クロエ！」

シシィナはクロエに駆け寄りたかったが、セシリアが行く手を阻んだ。

「セシリア、クロエになにをしたの？」

眉を吊り上げて問いつめるとセシリアが鼻を鳴らした。

「お義姉様ったら、なにをそんなに怒っているの？　私は裏切り者に鉄槌を下しただけよ」

「クロエが裏切り者？」

状況を把握できないでいると、セシリアはうしろ手にしていた右手を前に突き出してきた。その手には二枚の紙と財布が握られている。

それらは植物園で稼いだお金が入った財布と、アイラ夫人から受け取った小切手だった。

たちまちシシィナの顔は真っ青になった。

あれは、エドモンドの薬を買うためとナイルズから逃げるために必死に貯めてきたお金だ。今取り上げられたらシシィナは太刀打ちできなくなる。

セシリアは横目でちらりとクロエを確認し、ニッと口端を吊り上げた。

「クロエはお義姉様が日銭を稼ぎに行っていたのをお母様に報告せずに黙認していた。これは十分な裏切り行為でしょ？　だから仕えるべき主が誰なのかわからせるために折檻したの」

シシィナはセシリアのうしろで怯えてうなだれているクロエを一瞥する。

（きっとクロエはお金のありかを白状するまでセシリアに打たれたんだわ）

真っ赤に頬を腫らした痛々しい姿にシシィナは眉尻を下げる。しかしそこで、シシィナの中である疑問が湧いた。

（どうして私がお金を稼いでいることや小切手を持っていることを、セシリアたちは知っているの？）

シャルマ侯爵夫妻やルディウス、サイラスはシシィナがわけありな事情を抱えていると知って他言せずにいてくれている。普段は髪の色を変えているため、植物園で働く職員たちはシシィナが公爵令嬢だと知らない。

したがって可能性としてあげられるのは、植物園襲撃事件後にルディウスとふたりでいるところを見ていたセシリアだ。あれがきっかけでシシィナがなにをしているのか調べ上げたに違いない。

「腑に落ちない顔をしているから教えてあげる。ここ数日のお義姉様の行動はすべて調査させてもらったわ！」

セシリアは、今度はうしろ手にしていた左手を前に突き出した。そこには〝記録書〟と書かれた冊子が握られている。

「お義姉様って案外お転婆なのね。ルディウス様がいる植物園へ働きに出て日銭を稼ぎ、流行のビーズ織りを作ってシャルマ侯爵夫人のところへ売りに出す。あの素晴らしいビーズ織り作家の真似ごとをするなんて滑稽だわ。シャルマ侯爵夫人はそんなお義姉様がかわいそうで、これだけの金額を施してくれたみたいね」

セシリアは小切手の額面を眺めながらあきれ返っている。どうやら、ビーズ織りの作家がシシィナだとは思っていないようだ。

ここでシシィナが自分はその作家だと弁解してもよかったのかもしれないが、そこまで考える余裕はなかった。なぜなら、自分の行動が筒抜けになっていたと知ってシシィナは戦慄していたからだ。

出し抜こうとしていたはずのふたりに、まさか出し抜かれていたなんて。

（セシリアの性格上、ルディウス様に関係がある部分しか調べないはずよ。どうしてここまで徹底的に私の行動を調べ上げているの？）

放心状態になりながらも必死でシシィナは考える。

この状況をどうにかして切り抜けなくてはいけない。

(どうしよう。ふたりが納得できる理由が思いつかないわ)

シシィナが途方に暮れていると、ハンナ夫人が手を叩いた。

「こらこら、セシリア。そんなにシシィナを責めてはだめよ？　この子は都合が悪くなるとすぐだんまりになるんだから」

「ああ、ごめんなさい。とにかく、クロストン伯爵から記録書をいただいて正解だったわ。公爵家の名に泥を塗るような行動ばかりするお義姉様を、止めることができるもの」

セシリアの言葉を聞き、シシィナは顔色を失った。

それはつまり、ナイルズにもシシィナの行動が知られている状態を意味している。

「伯爵がクロエの裏切りを教えてくれたの。それでクロエを問いただしたら、おまえが私たちから逃げるためにお金を稼いでいたことや、小切手を隠し持っていることを教えてくれたわ。シシィナはなんて卑しい子なのかしら」

ハンナ夫人から罵声を浴びせられるが、今のシシィナの心には届かなかった。

(ナイルズ様にルディウス様と一緒にいるのを知られてしまった)

嫉妬深いナイルズはかつての人生で、男性使用人と少しの間同じ部屋にいただけで怒り狂っていた。今度はどんな目に遭わされるのだろうか。

暴力を奮われた記憶が蘇ってきて、シシィナの体が小刻みに震える。

絶望に打ちひしがれて意気消沈していると、セシリアが追い打ちをかけてきた。

「財布と小切手は没収するわ。お義姉様に自由に使えるお金があったところで、ろくなことにしか使わないでしょうからね」

ハッと我に返ったシシィナは、それらを取り戻そうとセシリアへ手を伸ばす。

「返してっ‼」

もう少しでセシリアに手が届きそうなところで、ハンナ夫人に腕を掴まれてひねり上げられる。

「痛っ……放して！」

シシィナが掴まれている腕を振り払おうとして、その前にハンナ夫人がぱっと手を離す。その拍子にシシィナはよろけて床へと倒れ込んだ。

「まったく。モンクレイフ公爵家の名に泥を塗ろうとするなんて。いったいどう育ったらそんなに卑しい子に育つの？　母親の顔が見てみたいわね。これから金銭援助してくださるクロストン伯爵の心象を損なったら大変よ」

ハンナ夫人は、ナイルズからの金銭援助を受ける代わりにシシィナを差し出そうとしている。これは繰り返していた人生で何度か経験した展開だ。

このままいけば、数日と経たないうちにシシィナはナイルズと結婚させられる。

ナイルズと結婚する運命から逃れられないのならせめて、今あるお金でエドモンドの病気を完治させたい。

「お願いです。お金を返してください」

弱々しい声で訴えると、ハンナ夫人が鼻で笑う。

「嫁ぐおまえにお金なんて必要ないでしょ」

ハンナ夫人はゆっくりとシシィナに近づいて明るい声で言った。

「言い忘れていたけど変な気は間違っても起こさないようにね。じゃないと大切な弟がどうなっても知らないから」

「どういうことですか？　エドモンドはっ！」

シシィナの心臓が早鐘を打つ。慌ててエドモンドの部屋へと続く廊下へ頭を動かすと、いつもは閉まっているはずの扉が開け放たれていた。

「あの子なら本邸の一室で眠らせてあげているわ。そうしておけばここから逃げ出そうなんて思わないでしょう？」

ハンナ夫人は手抜かりがないように、シシィナを確実に追いつめていく。

今度こそシシィナは抵抗する気力をなくした。

力なく頭を垂れるシシィナに満足したハンナ夫人は出口へと足を向ける。

「さて、そろそろ本邸へ帰るとしましょう。クロエも今回は誠意を示してくれたから許してあげる」

「は、はい奥様。本当に申し訳ございませんでした」

ハンナ夫人とセシリアが去っていく中、うしろ髪を引かれる思いでクロエはシシィナを見つめる。やがてクロエは背中を向け、ハンナ夫人たちと一緒に本邸へ引き上げていった。

ひとり残されたシシィナは、玄関ホールに座り込んですすり泣いていた。

大事な財布と小切手を奪われ、さらにはエドモンドまで人質にとられた。

あと一歩で運命が変わったかもしれないのに。もうシシィナにこの場を切り抜ける術はない。

ナイルズと結婚してしまったら、二度とルディウスと会うことはできなくなるだろう。彼のやわらかな表情も慈愛に満ちたすみれ色の瞳も、もう見ることは叶わない。

「ルディウス様……」

恋しく思ったシシィナはルディウスの名前を呼んだ。

うつむいて嗚咽を漏らしていると誰かの足先が視界に入る。黒の革張りの靴で男物だった。

（もしかして、ルディウス様なの？）

この間のようにこっそり屋敷に来てくれたのだろうか。

シシィナは涙を拭い、顔を上げる。

「来てくださったのですか、ルディウ……」

先の言葉は恐ろしくて口にはできなかった。そのまま続けていたらきっと髪を引っ張られる。

「落ち込んでいるだろうから僕が慰めてあげようと思ってたのに。ふうん。まさかほかの男の名前を呼ぶなんて」

冷たい声で話すナイルズが腰に手をあててシシィナを見下ろしている。

シシィナは恐怖から言葉が出てこなかった。目を見開いて口をぱくぱくさせる。

するとナイルズに腕を掴まれて無理やり立たされた。

「どうしてここにいるのか知りたいって顔をしているね？　愛する君にだけ特別に教えてあげよう。僕は公爵夫人のお説教が終わるまで本邸で待機していたんだよ。調査の結果を知って僕も君に対して思うところはあるけれど、夫人からひどい叱責を受けているだろうから今回は慰める側に回っていたんだ」

にっこりと微笑むナイルズの目はちっとも笑っていない。

慰められるどころか、恐怖でシシィナは生きた心地がしなかった。

ナイルズは笑みをたたえたまま歩き出そうとする。

「それじゃあ行こうかシシィナ」

「どこに？」

「どこって僕の屋敷に決まっているじゃないか。これ以上ほかの男が君を惑わせたりしないように、迎えに来たんだよ」

シシィナは震える唇をなめると声を絞り出した。

「い、行かないわ……」

「心配しなくても公爵夫人にはすでに結納金や金銭援助についての書類を渡したし、許可は取ってある」

「嫌よ……離、して……」

ほとんど声が出なくなったシシィナは必死に掴まれた腕を振りほどこうとする。

抵抗してもナイルズに勝てないのはわかりきっている。しかし、ここでおとなしく従えば彼の屋敷へ連れていかれ、結婚の誓約書にサインをさせられる。

揚げ句の果てには二度と屋敷の外には出られず、これまでと同じ地獄の日々を味わうことになる。

想像しただけで正気を失いそうだった。同時にナイルズを見て嫌悪感が増していく。

必死にもがいているとナイルズがぱっとシシィナの腕を放した。突然放されたシシィナは、バランスを崩して前のめりになる。

足に力を入れて転ばないようにこらえ、振り返ろうとすると背後に回ったナイルズに両腕を掴まれて抵抗できないよう拘束された。

「先に伝えておくけど僕は気が短いんだ。だからあまり苛つかせない方が身のためだよ。君が男と会っていたのを知って、ただでさえ機嫌が悪いんだからおとなしくして。一緒に馬車に乗って出発しよう」

シシィナは半ば引きずられる形でナイルズに連れていかれる。冷水をかぶったかのように額には玉のような汗が滲んだ。

（嫌、絶対行きたくない‼）

シシィナが心の中で叫んだそのとき。

「ミャウ！」

「うわっ⁉」

玄関の扉を開けたナイルズに突然白い塊が襲った。それはアニスだった。

シシィナを救うため、助けに入ったアニスがナイルズの頬を鋭い爪で引っかく。

急襲され吃驚したナイルズは、シシィナから腕を放して襲ってくるアニスからかばうように顔を腕で防ぐ。

シャアッという威嚇の雄叫びをあげるアニスは攻撃の手を緩めない。

「調子に乗るなっ！」

ナイルズが叫ぶや否や、不意にアニスの体が宙に浮いた。アニスは手足をじたばた動かすが、彼は宙に浮かんだままだ。

頬の傷の出血を確認したナイルズが舌打ちをした。

「野良猫がよくもこの僕に傷をつけたな。くたばれ！」

激昂するナイルズは、人さし指と中指を立てた手を横に払う。

するとナイルズの周りに水の球がいくつも現れた。

「ま、まさかナイルズ様は……」

一連の光景を目のあたりにしたシシィナは面食らう。なぜならナイルズが使ったのは、間違いなく魔法だったからだ。

「驚いたかい？　君にだけは教えてあげよう。実を言うと僕は魔法使いなんだよ。普段は隠しているんだけどね」

ナイルズが人さし指と中指をくるりと回した瞬間、水の球がアニスをぐるりと取り囲み、ひとつになるようにして彼を飲み込んだ。

水膜にもなっている球は、いくらアニスが爪を立てても破れない。

アニスがもがけばもがくほど口から空気が漏れていく。

「アニス！」

「さあどうする、シシィナ嬢？　大事な猫がこのままだと死んでしまうよ」

「お願い、やめてっ！」

顔を真っ青にしてシシィナは叫んだ。

「やめるもなにも。この猫の命は君の行動次第だよ」

このままだと間違いなくアニスは助からない。ナイルズの魔法で溺死させられる。

(アニスを見殺しになんてできないわ……)

シシィナは大きな瞳から涙をこぼし、ナイルズにすがりつき懇願した。

「もうやめてください。アニスは私の大切な友達なの。ナイルズ様と一緒に、屋敷へ行きますから。だから、お願い……」

ナイルズはシシィナの言葉を聞き、会心の笑みを浮かべて魔法を解いた。途端に水膜が破れて、ザバッという音とともにびしょ濡れになったアニスが床に落ちる。

「猫は助けてあげたよ。未来の妻のお願いだからね。……それじゃあ、僕の屋敷に移動しようか」

シシィナは唇を引き結ぶと小さくうなずく。

「ニャウン」

弱々しいアニスの声が玄関ホールに響き渡る。

（ごめん、ごめんね。私のせいでひどい目に遭ったわね）

シシィナは心の中で何度も詫びの言葉を口にした。

本当はそばへ駆け寄ってアニスを抱きしめてあげたかった。苦しい目に遭った彼を介抱してあげたかった。

しかし、少しでもナイルズの意思にそぐわない行動をすれば彼の心証を悪くする。

これ以上、下手に行動して逆鱗に触れるわけにはいかない。

シシィナは抑揚のない声でナイルズに告げた。

「馬車の用意ができているのなら、行きましょう」

クロストン伯爵家の馬車にナイルズと乗り込んだシシィナは、もう二度と戻ってこられないであろう別邸を後にした。

馬車に揺られて半時間も経たないうちにクロストン家に到着した。早速ナイルズに腕を掴まれて屋敷の最上階、三階の一番奥の部屋へと連れていかれる。

そこはこれまでの人生で何度も過ごしてきた、シシィナのための監禁部屋だ。

「今日からここが君の部屋だ。好きに使っていいけど、僕の許可なく勝手に出たらだめだよ」

「外側に鍵があるのにどうやって勝手に部屋から出ろというの。……どこにも行かないから安心して」

シシィナは小さく息を吐いておとなしくソファに腰を下ろす。

ナイルズは狂喜してソファに腰を下ろすシシィナの背後に回り、抱きしめて頭をなで始める。

「手のかかる子だと思っていたけれど意外と聞き分けがいいんだね。今日はもう遅いから、明日の朝早くに教会へ行って結婚の誓いを立てよう。そうすれば僕たちは晴れて夫婦だ」

粘ついたナイルズの声に全身が粟立つ。シシィナは気丈に振る舞うよう努めた。怯えたり泣いたりしたら相手の思うつぼだ。平常心を保たなければ。

（弱い部分を見せたらだめよ。相手を喜ばせるだけだわ）

体に力を込めて耐え忍ぶが、ナイルズの行為は徐々にエスカレートしていく。

頭をなでていた手は流れるようにストロベリーブロンドの髪を梳いていく。やがてひと房掴み、恍惚とした表情を浮かべて表面をなでた。

「君の髪はルビーのように綺麗だ。今はきしんでいるけど後で侍女に香油を届けさせるよ。そうすれば、もっと綺麗になる」

ひとしきりなでて満足したのか、ナイルズはようやくシシィナから離れる。それを見計らってシシィナはナイルズにお願いをひとつした。

「……明日からはあなたと夫婦になる。独身最後の夜くらいひとりになりたいわ」

「夫婦になれば、君は僕の庇護下に置かれる。独身最後の夜のお願いくらいかまわないよ」

「ありがとうございます」

庇護下ではなく管理下の間違いだと反論したいのをグッとこらえる。

殊勝な態度を取るシシィナに満足した様子のナイルズは部屋から出ていった。外から鍵のかけられる音と廊下を歩く音が聞こえてくる。

足音が遠ざかったのを確認したシシィナは、深く息を吐き出した。張りつめていた緊張の糸が切れてソファの背もたれへと沈み込み、天井を仰ぐ。

「……結局これまでの人生と同じね」

シシィナは観念の臍を固める。

なにも変わらなかった。変えられなかった。

本当は最後まであきらめたくない。だって今世ではルディウスと親しくなれたから。

彼だけじゃない。シャルマ侯爵やアイラ夫人、そしてサイラスなど多くの人たちと関係を築くことができた。皆と楽しく、このまま幸せな日々を過ごしたかった。

誰もが抱く平凡な願いのはずなのに、いつだってシシィナの人生には困難がつきまとう。

（私は詰めが甘いんだわ。だから幸せを掴んだと思っても手からこぼれ落ちていく）

これまでの人生よりも進む展開が少し早いだけで、今は結婚前夜。明日の朝になれば、ナイルズが教会に誓約書を提出して夫婦になってしまう。

もうなにかを変えようとする気力も行動力も、ほとほと尽きていた。

「現状で私にできるのは、これから始まる地獄から解放されること。……確実に死ぬには手首を切るしかないわ」

シシィナはウォールランプの下に置かれている陶磁器の花瓶に目を向ける。

室内はシシィナの叫び声が聞こえないよう防音になっているので、花瓶を割っても外には漏れ聞こえないだろう。

「同じ人生を九度繰り返したところでうまくいかない。次は人生がループしないことを願うだけだわ。もう、こんな悲劇はごめんだもの」

のろのろと立ち上がったシシィナは、花瓶の前まで移動してそれを両手で抱えた。

頭上高く持ち上げて床に思いきり叩きつけ、粉々に砕け散った破片の中から、最も鋭そうなものを手にする。

「今度こそ終わりますように——」

手首に花瓶の破片をあて、死ぬ覚悟を決める。

すると突然、ふわりと温かいものに包まれた気がした。誰かに抱きしめられていることを自覚した瞬間に、手に持っていた破片が砂となってさらさらと床に落ちていく。

(うしろにいるのは誰？)

困惑して身をすくめたら、悲しげな声でささやかれる。

「命を捨てるにはまだ早い」

(この声は、まさか)

身じろいで体をひねると、ルディウスの顔が間近にあった。

「死なないでくれ、シシィ」

悲哀の色を滲ませるルディウスが、シシィナの瞳に映り込む。

「ルディウス、様……？」

シシィナはぱちぱちと瞬きをした後、じっとルディウスを見つめた。

ルディウスもまた、シシィナを見つめ返す。シシィナの自死を止めることができ、安堵しているようだ。

しばらくの間見つめ合っていたが、現状を思い出したシシィナは声をあげた。

「どうしてこんな危険なところにいらっしゃったのですか！」

窓の方を見るとカーテンがはためいている。どうやらあそこからルディウスは入り込んだらしい。

「シシィを助けに来たんだ。本当は屋敷の正面から入り、堂々と助けに来たかった。だが、それだとクロストン伯爵は時間を稼いであなたをどこかに隠すだろう。それに俺は一刻も早くあなたの無事を確かめたかった。だから移動魔法を使おうとしたがこの屋敷内では使えないようだ。幸い、窓が開いていたから入ってこられた」

ルディウスが心の底から心配してくれているのを、シシィナはありありと感じた。

「助けに来てくださってありがとうございます。でも、どうして私がここにいるとわかったんですか？」

「それは彼から聞いたんだ」

「彼？」

誰かわからず疑問符を浮かべるシシィナに、ルディウスがくすりと笑う。

「そのうちわかるさ。それよりも、落ち着いて聞いてくれ」

ルディウスはシシィナから離れ、色を正してナイルズについて話し始めた。

「クロストン伯爵はただの魔法使いじゃない。強靭な魔力を持つ高位魔法使いだったんだ。さらに呪毒を市中にばらまいていたのも彼だった」

話を聞き、シシィナは慄然とした。あの恐ろしい呪毒を作ったのがナイルズで、しかもなんの罪もない人たちにばらまいていたなんて。どこまでも恐ろしい男だ。

「伯爵は危険人物だ。確実に捕まえるためにも、まずはあなたを安全な場所へ避難させる。ただし先ほども言ったように、この屋敷は移動の魔法封じがされているようだ。高位魔法使いだからこそ使える魔法で、並みの魔法使いでは太刀打ちできない。とくにこの部屋は、厳重に魔法封じがかけられているな」

ルディウスは辺りを見回しながら語った。

シシィナはツッと頬を引きつらせた。毎回この部屋に連れ込まれて監禁されていたのは、そのためだったのだと気づかされる。

まったくどこまでも抜かりない。シシィナはナイルズの執着ぶりを改めて実感して渋面《じゅうめん》になった。

「ではどうやって屋敷を出ますか？　移動魔法は使えませんし、扉は外側から鍵がかけられています」

執着心の強いナイルズは、シシィナが一度この部屋に入ったら二度と出られないよう周到に準備していた。ルディウスが助けに来てくれたものの、無事に逃げ出せないかもしれない。不安が腹の底から迫り上がってくるのを感じていると、ルディウスがシシィナの頭の上にぽんと手を置いた。

「シシィ、忘れているようだが、俺はハルベイン王国で唯一魔法伯の称号を持っている魔法使いだ。クロストン伯爵が高位魔法使いだろうと関係ない」

ルディウスは不適な笑みを浮かべて、扉に向かって手のひらを突き出した。すると外から鍵が開くような音と床に錠が落ちる音がして、ゆっくりと扉が開かれる。

呆気に取られたシシィナは口を半開きにした。

「大丈夫。俺が、必ずシシィを助けるから」

ルディウスの言葉が、存在が、あきらめかけていたシシィナの心にがんばる力を与えてくれる。

(ルディウス様と一緒ならきっと……)

もう一度がんばる決意をしたシシィナは、ルディウスを見つめて力強くうなずいた。

「さあ、行こう」

ルディウスの大きな手が差し出されたので、シシィナはその手に自身の手をのせる。

現在、シシィナとルディウスがいる場所は屋敷の三階。

「屋敷の間取りは私が把握しているので、玄関ホールまで案内します」

シシィナはルディウスと一緒に廊下を走り始める。長い廊下を右に曲がり、その次に左。最後に階段を下りさえすれば玄関ホールにたどり着く。

(あとは無事に屋敷を出ればいいだけ)

屋敷さえ出てしまえばシシィナは自由だ。地獄のような屋敷から九度目にして初めて外に出られる。そう思うと心躍らずにはいられない。

しかし階段を下りきるまで残り数段というところで、足音が響いてきた。

「止まれ!」

ドスのきいた叫び声が上から降ってきて、シシィナとルディウスは足を止める。

仰ぎ見ると、顔を真っ赤にしているナイルズが階段の手すりから身を乗り出して叫んでいた。

「シシィナ、部屋から出るのを許した覚えはないよ。それから隣にいるのはルディウス殿下ではありませんか。てっきりネズミが入り込んだと思っていましたが、違ったんですね」

　シシィナは体を震わせた。

（あんなに怒り狂っているナイルズ様は私を殺すときだけよ。捕まったら結婚する前に殺されるんじゃゃ……）

　怖気《おぞけ》が全身を襲い息がうまくできない。シシィナが浅い息を繰り返していると、ルディウスに握られている手に力がこもった。

「大丈夫だ。俺がそばにいる。なにがあっても守ってみせる」

　ルディウスの言葉はシシィナに安心感と希望を与えた。

　これまでにない熱いものがシシィナの心の中で湧き起こる。

（そうよ。私はもうひとりじゃない。ルディウス様が隣にいるもの）

　シシィナは目を閉じて一度深呼吸をする。それから再び目を開くと、腹に力を込めて叫んだ。

「私は自分の意志でここから出ていくの。あなたの許可なんて必要ないわ！」

シシィナはナイルズに面と向かってはっきりと言った。

ナイルズは一瞬気色ばむが、すぐに普段通りに戻る。

「君の意志なんて関係ない。だって君は僕のものなんだから」

「だから私はあなたのものじゃないわよ！」

「公爵夫人に金銭援助を約束した時点で、君の所有権は僕にある」

まったく話が通じなくてシシィナは辟易する。ことシシィナに関して、ナイルズはいつだって周りが見えなくなり激しい執着を見せるのだ。

すると隣にいたルディウスが、シシィナをかばうようにしてナイルズとの間に入る。

「クロストン伯爵、あなたは所有する魔法石鉱山の魔法石を利用して呪毒を生産し、その効果を屋敷の使用人や護衛騎士を使って実験していた。完成したものはクロストン商会を通じて闇市で売りさばいていた。違うか？」

「はてさて、なにをおっしゃっているのか僕には皆目見当もつきません。それよりも殿下、人の家に不法侵入して婚約者をさらうなんて。王室の威厳を損なう行動は慎まれた方がよろしいのでは？」

肩をすくめてみせるナイルズだが、その表情には憎悪が滲んでいる。とにかく自分ではないほかの男がシシィナの近くにいるのが、気に食わないらしい。

ルディウスはナイルズに向かって余裕のある笑みを浮かべて口を開いた。

「証拠なら屋敷内の倉庫の中に作ってあった実験室から押収した。しかし驚いた。あなたがあそこまで高度な魔法を扱える人だったとは。ご丁寧に人払いの結界を張ってくれていたおかげで、すぐに場所が特定できた」

ルディウスは懐から小瓶を取り出して、見せつけるようにひらひらと揺らす。

「あそこはいくら殿下でも忍び込めない！　呪毒を盗めるはずがない‼」

眉根を寄せすさまじい形相のナイルズが言い返すと、ルディウスがくすりと笑った。

「おっと。はったりをきかせただけだが図星なのか。人払いの結界だけでなく、万が一魔力を持つ者が中に入ると攻撃する魔法まで仕掛けてあるのに、わざわざ足を踏み入れるはずないだろう」

ルディウスは小瓶の蓋を取って逆さまにひっくり返す。中は空っぽでなにも入っていなかった。

呪毒が作られている場所について、アニスからクロストン伯爵家内の一室であることを聞いていたルディウスは、サイラスとともに調査を進めた。最高位の魔法使いだけが使える透視魔法により内偵を進める中で実験室を特定し、さらには強力な攻撃魔法が仕掛けられているとわかったのだった。

「これで言い逃れはできないな？」

「……くっ。誰にもわかるはずがないのになぜだ！」

まんまと策にはまったナイルズは、さらに激昂して体を震わせている。

しかし次の瞬間、口端を吊り上げて指を鳴らした。

二階や一階の扉という扉から玄関ホールに向かって、クロストン伯爵家の騎士や料理人を含む使用人たちがいっせいに集まってくる。

殺気立ち、目が血走っている彼ら全員の首筋には赤紫色の蝶の痣があった。

「殿下は僕の秘密を知りすぎました。このまま生きて帰すわけにはいきませんねえ」

「か、囲まれたわ！」

シシィナは顔面蒼白になって小さな悲鳴をあげた。

「殿下を始末してシシィナは生け捕りにしろ！」

ナイルズの命令と同時に使用人たちが行動を開始し、いっせいに襲いかかってくる。

階段にいるため逃げ場はない。

（相手は命令を完遂するまで動き続ける呪毒患者。魔法で対応できるにしてもまずは解毒を行わないといけない。だけど、いくら魔法伯のルディウス様でもこんなに大勢を解毒するのは無理よ！）

シシィナは無意識のうちにルディウスの袖口を引っ張った。

それに気づいたルディウスは、振り返ってシシィナの頭をぽんぽんと叩く。

逼迫した状況下であるのにルディウスは非常に落ち着いていた。

「何人来ようと無駄だ」

ルディウスが人さし指と中指を立てた手をもう一方の手に打ちつける。

すると、襲いかかってきていた使用人たちがピタリと動きを止めて動かなくなった。

まるで時が止まってしまったかのように、瞬きひとつもしない。

（すごい、使用人全員の動きを封じたわ）

さすがは魔法伯だと感心したシシィナがナイルズを見ると、彼は姿を消していた。

「ナイルズ様がいない!?」

シシィナが呟くと同時に、ルディウスの右横に宙に浮かぶナイルズが現れる。

「シシィ、危ないから離れていろ」

「はい」

シシィナは言われた通り、階段を上って踊り場へと移動する。

ナイルズがルディウスに向かって手をかざし、アニスのときと同様に水の球を放つ。

応戦するためにルディウスは人さし指を立てる。彼の周りにいくつもの炎の矢が現れて水の球に向かって飛んでいった。

水の球と炎の矢が衝突した瞬間、小さな爆発音とともに水が水蒸気となり、ルディウスとナイルズの間に白い壁を作っていく。

「僕は殿下にかまってる暇なんてないですよ」

ナイルズは移動魔法でシシィナの背後に回ると羽交い締めにする。

「忘れているようだけど、移動の魔法封じは僕がかけている。つまり、僕だけはこの屋敷内を自由に移動できるようにしてあるということだ」

「は、放して！」

シシィナは声をあげて抵抗しようとする。しかし、ナイルズは魔法で氷のナイフを形成し、それをシシィナの首筋にあて動きを封じた。

「許さないよ。僕のもとから去ろうとするなんて絶対に許さない。誰かのものに……殿下のものになるくらいなら、君をこの手で殺して僕のものにする！」

狂気を瞳に宿すナイルズはおどろおどろしい声を放った。

「いやっ！」

「これで君は永遠に僕だけのものだ‼」

ナイルズが高笑いをしてナイフをすべらせようとしたそのとき。

シシィナの服の下から、サファイアの指輪が光を帯びながら飛び出した。続いて指輪は太陽のように目映い光をナイルズに向かって放つ。

「うわあああ！」

光をもろに食らったナイルズはたまらず手で両目を覆う。

その隙を突いてルディウスは魔法で跳躍し、ナイルズに詰め寄ると蹴りを入れてシシィナから引き離す。続いて雹《ひょう》を降らせ、迎撃できないよう動きを封じる。

「これで終わりだ」

ルディウスは手をかざして目に見えない衝撃波を放ち、階段から一階の床に向かってナイルズを叩きつけた。

ルディウスの連続攻撃を受けたナイルズは気絶した。

「無事かシシィ？」

魔法でナイルズを縄で縛った後、ルディウスは魔法で跳躍するとすぐにシシィナのもとに駆け寄ってくる。

「は、はいっ」

シシィナはほっとして、全身の力が抜けその場にへたり込んでしまった。

「大丈夫か？」

「安心したら腰が抜けてしま……って、ルディウス様っ⁉」

答え終わるよりも先にルディウスに抱き上げられた。いわゆるお姫様抱っこである。

ルディウスの体と密着し、容姿の整った彼の顔が間近にあるせいで冷静でいられなくなった。このままいけば心臓が壊れてしまうんじゃないかというくらい、今まで以上に脈打っている。シシィナは下りようとしてじたばたと暴れた。

「こら。じっとして。落ちて大けがをしたら大変だ」

今いるのは階段の踊り場。ルディウスの言う通り、下手をすれば階段から転げ落ちて大けがをするかもしれない。

「わ、わかりました。では一階で、下ろしてください」

恥ずかしいシシィナは、ぎゅっと目をつむりルディウスに身を委ねることにした。

一階まで下りると、ルディウスは約束通りシシィナを下ろしてくれた。

「クロストン伯爵を縛っている縄は魔法封じが施されているからもうなにもできない。さて、ここにいる使用人たちの呪毒を解かないと」

ルディウスが手のひらを上にして胸の辺りまで持ち上げる。すると、その上に特効薬が入った瓶が現れ、蓋が開いた。

中に入っている液体が真珠くらいの大きさで次々と現れ、動かなくなっている使用人たちの口の中に入っていく。やがて、首筋にあった赤紫色の蝶の痣はすうっと消えていった。意識を失った彼らを、ルディウスは魔法を使って床に横たわらせる。

（すごい、一度の魔法で全員の呪毒を解毒したんだわ）

シシィナが感心していると、開け放たれている玄関扉から声がした。

「もう中に入っても大丈夫そうです？」

ひょっこりと顔を出したのはサイラスだった。

床の上に横たわっている使用人たちを流し目で確認しながら、サイラスはこちらに駆け寄ってくる。

「殿下ったら無茶しないでくださいよ。近衛騎士たちも待機させているというのに、単身で屋敷の中に乗り込むなんて」

「大勢で押しかけたら、きっとクロストン伯爵を出し抜くことはできなかった」

「まあ、殿下の言い分も一理ありますね。クロストン伯爵が隠れ魔法使いだったので今回は目をつむりましょう」

サイラスは大きな丸眼鏡をかけ直すと、縛られて身動きが取れなくなっているナイルズに近づいた。ルディウスの衝撃波を食らって気絶していたはずのナイルズだったが、目を覚ましているようだ。サイラスはナイルズを見下ろす。

「クロストン伯爵、あなたのことを調べさせていただきましたが、ずいぶんと人倫に悖《もと》る行為を重ねてきたのですね。呪毒を作り、効果の確認を貧民街やナディア側妃が運営している救貧院と孤児院に集まった王国民たちにしていたなんて。貧しい下層階級の人間が死んでも怪しまれないと思っていましたか？　先ほどクロストン商会が慈善事業で配っている薬を押収したところ、呪毒の確認が取れましたよ」

サイラスは押収したばかりの瓶を懐から取り出してナイルズに見せる。

悪事のすべてが白日の下にさらされた。これでもう言い逃れはできないだろう。

証拠を突きつけられたナイルズは、なにがおかしいのか天井を仰いで笑い始めた。

ひとしきり笑ってから再びこちらに頭を戻し、首をかしげる。

「人倫に悖る行為？　死んだところで誰も困らない虫けらを使い、自分の能力を高めてなにが悪い？　僕は独学で呪毒を完成させた稀代の天才だ」

「天才だと主張するなら、なぜ魔法使いであることを隠していた？」

ルディウスの指摘に、ナイルズは下唇をきつく噛みしめる。

「好きで魔法使いなのを隠していたと思うか？　僕は隠さなくちゃいけなかった。力をひけらかす殿下と違ってね」

ナイルズはルディウスを睨みながら語り始めた。

魔法使いであることを隠していたのには、彼の両親に原因があった。

父もナイルズ同様に魔力があり、少しだけ魔法が使えたという。しかし彼は享楽的で女癖が悪く、ほとんど屋敷にはいなかった。そんな父と顔立ちが似ているせいで、母はナイルズにつらくあたるようになった。

父と同じ轍《てつ》を踏まないよう、趣味嗜好が似ているものはすべて禁じられた。その中には魔法も含まれていて、ナイルズが魔力持ちだと判明して以降は、魔法使いにだけは絶対になるなと毎日言い聞かされた。

しかしそんな環境下でも、魔法に興味を持つナイルズの探究心は消えなかった。禁止されればされるほど、魔法を学びたいという彼の欲求は強くなっていく。

ナイルズは母にバレないように独学で魔法について学ぶようになった。そしてある日、呪毒に関する項目を父の書斎にあった書物から発見した。

たちまち呪毒に魅了され、ナイルズはそればかり調べるようになった。それから数年の時を経て、未完成ではあるが呪毒の生成に成功した。

そんな折、叔母であるナディア側妃が第二王子を出産したという報せを受ける。

「そのとき閃いたんだ。いとこが国王になれば、裏で脅して僕がこの国を牛耳れる上、最強の魔法使いになれるとね。そのためには第一王子である殿下が邪魔だ。呪毒で仕留めようと考え、僕は実験的に宮殿内にばらまいた。そうしたら、殿下の祖父が最初の犠牲者になってくれた」

ナイルズは険しい表情になっていくルディウスに気づいていないのか、話を続ける。

「……けど、そんな中でひとつの問題が生じた。それは殿下に魔法の力が発現したことだ。さらに宮廷魔法使いすらも凌駕するほどの魔法使いだと叔母上から聞かされた。正直、屈辱だったね。認められ敬われるべきなのは呪毒を作った天才、僕のはずなのに、王子という立場だけでちやほやされる」

眉間にしわを寄せ憎しみを募らせるナイルズは、シシィナを一瞥する。

「もっと気に食わなかったのは、僕のシシィナに手を出して心を奪ったことだ。殿下は、僕から大事なものを奪っていく。王子という立場がなければ、僕の足もとにも及ばなかった愚鈍な人間のくせに‼」

話を聞いていたシシィナはキッと眉を吊り上げ、一歩前に出る。

「ルディウス様はそんな方じゃないわ。ナイルズ様が思っているよりもずっと努力家で素晴らしい人よ。特効薬の研究をしながら政務もこなしている。魔法伯として王子として、自分の責務を全うしているわ！　人を虫けら扱いするようなナイルズ様に、王国を動かせる器なんてない‼」

シシィナは大声できっぱりと言いきった。ナイルズのことはいまだに恐怖対象であるが、ルディウスのことをけなされて我慢できなかった。

今まで怯えたシシィナしか見ていなかったナイルズは、一瞬怯む。しかし腑に落ちないといった様子で反論してきた。

「虫けらと言ってなにが悪い。あいつらの生きる価値なんて僕の実験に使ってやることくらいだ」

ナイルズの中で、人間は虫けら以下かそれ以上という極端な価値観があるようだ。

話を聞いていたルディウスは、耐え忍ぶように目を閉じて拳を握りしめる。やがて、平静を取り戻すと再び目を開けた。

「命に優劣はない。誰かにとってその人はかけがえのない存在であることを、決して忘れるな。……言いたいことはまだあるが、残りは取り調べのときに言わせてもらう」

ルディウスは待機していた近衛騎士たちを呼び、ナイルズを連れていくよう命じる。ナイルズは近衛騎士たちを睥睨《へいげい》していたが、魔法が使えないので最後はおとなしくその場からいなくなった。

ようやくすべてに決着がついた。

「ルディウス様」

シシィナはルディウスに近づいて声をかける。

きっと彼は今、万感の思いを味わっているに違いない。

名前を呼ばれたルディウスは、シシィナの方を見てフッと小さく息を吐いた。

「やっと、長い戦いに終止符を打つことができた。それもこれも、シシィが俺にビーズ織りのまじないを教えてくれたおかげだ」

「私はなにもしていません。ルディウス様が聡明だからですよ。特効薬は無事に完成しました。あとは呪毒患者が回復することを祈るばかりです」

「そうだな」

ルディウスは大きくうなずき、晴れやかな顔つきになった。

「言い忘れていたが、軟禁されていた弟君は近衛騎士たちが救い出した。宮廷の医師に診断させて別邸で眠らせている。あと、公爵夫人たちからひどい目に遭った侍女も傷の手あてをした。今頃は弟君のそばについてくれているはずだ」

ずっとエドモンドとクロエのことが気がかりだったので、ルディウスの話を聞いてシシィナは愁眉を開いた。

「なにからなにまで、本当にありがとうございます」

お礼を言ったシシィナをサイラスが見やる。

「シシィナさん、こちらをご覧ください」

いつの間にかサイラスがそばに立ち、水晶を手にしている。

映し出されているのはモンクレイフ公爵家の本邸だった。

シシィナが覗き込むと、ハンナ夫人とセシリアが近衛騎士に捕らえられていた。

「えっと、どうしてふたりが？」

目を瞬いて首をかしげたシシィナに、サイラスが大きな丸眼鏡を押し上げながら答える。

「公爵夫人とセシリア嬢は呪毒に加担していたんですよ。どうやらクロストン伯爵は金儲けの目的もかねて、貴族だけが集まれる闇市で〝邪魔な存在を呪える薬〟として希釈した呪毒を売っていたようです。夫人は公爵亡き後、家を乗っ取るために弟君にそれを与えていました」

真実を知らされてシシィナはギョッとする。一方で、ひとつの疑問が浮上した。

「ですがエドモンドの食事は私も口にしていましたし、薬だって私が買ったものを煎じていました。いったいどうやって呪毒を体内に取り込んで……あっ！」

シシィナはひとつだけ、自分が口にしていないものを思い出した。それは蜂蜜だ。

エドモンドが奇病を患った当初、苦い薬ばかり飲むのはかわいそうだからとセシリアから大瓶の蜂蜜をもらっていた。薬を飲むときにそれを混ぜ、毎回欠かさず与えていた。

「蜂蜜に呪毒を入れて、エドモンドを衰弱死させようとしていたのね」

シシィナはこの親子の残虐性に戦慄する。

ハンナ夫人が公爵に近づいたのも、公爵家を我が物にして富と権力をほしいままにしたかったから。そこに公爵に対する愛情というものは微塵《みじん》もなかったらしい。

一方の公爵は、シシィナが知る限り愛情をもってふたりに接していた。

父の愛情が一方通行でふたりに届いていなかったのを知って、シシィナは言いようのない哀感を覚えた。暗い表情を浮かべていると、水晶からセシリアの金切り声が聞こえてくる。

「こんな真似していいと思っているの？　私は将来ルディウス殿下の妻になるのよ！　こんな無礼は絶対に許さないわ。あんたたち全員、罰してやる！」

拘束されおとなしく馬車に乗せられていくハンナ夫人とは違い、納得していないセシリアは必死に抵抗する。するとルディウスが水晶に近づいてセシリアに声をかけた。

「悪いが俺はセシリア嬢のような悪女と結婚するつもりはない」

「ルディウス殿下⁉　殿下ぁ、助けてください！」

「なぜ助ける必要がある？」

懇願するセシリアをルディウスは冷たく一蹴する。

「私は母の指示に従って動いていただけ。私はなにも悪くありません。犯罪の片棒を担がされていただけなんです！」

セシリアの言い訳を聞いてルディウスは鼻で笑った。

「人を思いやる気持ちも善悪の区別もつかない人が俺の隣に立ち、王国を導くなんてできるわけがない。……それに、俺には心に決めた相手がいる」

「なっ、なんですって⁉　私以外に殿下にふさわしい相手はいないし、ほかの相手がいるなんて絶対許さな……」

セシリアの喚く声が絶え間なく水晶から聞こえてくる。

ルディウスは耳障りだというように途中で通信を切った。

「サイラス、残りの調査は任せる。それと救護を呼びここの人たちを介抱するように」

「御意」

ルディウスはサイラスに後始末を任せ、シシィナの手を取って屋敷から出た。

これからどこに向かうのか、シシィナが尋ねようと口を開きかける。

だがそれよりも先に景色が変わり、気づいたときにはシシィナの寝室に立っていた。

(これって移動魔法かしら?)

初めての体験に驚きはしたものの、シシィナはすべてが終わったことに改めてほっとした。人心地ついていたら不意にルディウスの腕が伸びてくる。いつの間にか、シシィナはルディウスに抱きしめられていた。

「ル、ルディウス様?」

シシィナは突然の行為に狼狽する。彼の胸板に手をあてて押し返そうとしてみるも、びくともしない。それどころかルディウスの腕に力がこもり、シシィナは先ほどよりも密着する形になった。

シシィナの顔は火を噴いたように赤くなり、耳の先まで熱くなる。しかしそこである言葉を思い出し、すうっと熱が引いていった。

「あの、思わせぶりな態度はやめてください。だって、ルディウス様には心に決めた人がいらっしゃるんですよね?」

ルディウスは先ほどセシリアに『俺には心に決めた相手がいる』と言っていた。今は事件が解決し、感極まってシシィナを抱きしめているだけだろう。心に決めた相手がいるのならその人に誠実であってほしいと思う。

ルディウスはシシィナから勢いよく離れて両腕を掴んだ。

「心に決めた相手はシシィ、あなただ。俺はシシィが好きなんだ」

「嘘。そんなの、あるはずないわ……」

告白が信じられなくてシシィナは困惑する。

「嘘じゃない。俺はずっとあなたが好きだった。恋い焦がれていた。シシィが危険な目に遭うたび、正気を失いそうだった。それくらい、あなたの存在は俺の心を占めているんだ」

真剣な眼差しと熱い言葉を受けて、ルディウスが本気であると伝わってくる。

ずっと好きだったルディウスが自分を好きでいてくれた。想いが通じ合っていたと知って涙ぐむ。

「私も、私もルディウス様が好きです。ずっとお慕いしていました」

返事をした途端、ルディウスの端整な顔がほんのりと朱に染まる。その妖艶な表情にシシィナは余計にドキドキとしてしまい、目のやり場に困った。

「ありがとう、シシィ。同じ気持ちでいてくれたと知ってとてもうれし……」

突然ルディウスが意識を失ってシシィナの方に倒れ込んできた。

「ルディウス様⁉」

シシィナは必死にルディウスの体を支えて体勢を整える。その場に座り込んで膝の上に彼の頭をのせた。そして急いで近くにあったランプの明かりをつけ、様子を確認するために顔を覗き込む。

長いまつげに縁取られた瞼は閉じ、規則正しい寝息が聞こえてくるので、力尽きて眠ってしまっているだけのようだ。

（よほど疲れていたのね。だけど……この状況はとてもドキドキするわ‼）

これはいわゆる膝枕。それに気がついて心臓が飛び出しそうなくらい激しく脈打ち、さらに顔が急激に熱くなるのを感じる。

自分でしておきながら、この体勢を取ってよかったのかと考えあぐねていたとき。

「ニャウン」

「えっ⁉」

鳴き声が響き、開いていた扉からアニスが歩いてくる。

驚いたシシィナの体はびくりと跳ねた。起こしてしまったかもしれないとルディウスの顔を覗き込むも、幸い眠ったままだった。

シシィナは安堵の息を漏らして、アニスに視線を向ける。

ナイルズにひどい目に遭い、体調は大丈夫なのかとても心配だ。

「もう平気なの？　どこも悪くない？　さっきは守ってあげられなくてごめんなさい」

小声で謝ると、アニスはなんともないとアピールするかのように大きな声でひと鳴きする。シシィナは慌てて口もとに人さし指を立てた。

「シーッ。ルディウス様は疲れて眠っているの。だから起こさないであげて」

「ニャウン」

わかっているのかいないのか、アニスは先ほどと変わらない音量で鳴く。

アニスは近くまでやって来て手前で立ち止まり、また「ニャウン」と鳴いた。やがて体が青白い光に包まれ、姿が雄々しい獅子へと変化する。

「アニスの姿がっ⁉　……もしかして、アニスは聖獣なの？」

この世界には聖獣がいて、魔法使いは契約を交わした彼らから力を借りられる。

昔、母がそんなことを言っていたのをなんとなく覚えている。

（魔法使いの数が減り、昔みたいに豊富な魔力を持つ人間はいなくなったから、聖獣と契約できる人は少ないって聞いていたけど……ルディウス様はできたのね）

聖獣が力を貸す条件として、魔力量のほかに善良な心を持っているかどうかもあげられる。国民の安寧を願うルディウスなら聖獣と契約していてもおかしくはないと、シシィナは納得した。

ゆっくりとこちらに近づいてきたアニスは、自身の額をシシィナの額にピタリとつける。ふわふわとしたやわらかな毛が額に触れた途端、頭の中に雪崩《なだれ》のように記憶が流れ込んでくる。シシィナは目を見開いた。それはアニスの持つ記憶だった。

アニスがルディウスと出会ったのは、彼の祖父が亡くなる少し前だった。

久々に感じるすさまじい魔力の気配を追って、宮殿にやって来た。庭園に足を踏み入れたら、ベンチでしょんぼりと頭を垂れるルディウスを発見する。このときルディウスの魔力は発現する直前だったが、聖獣のアニスにははっきり感じ取れていた。

ルディウスは膝の上に置いている手を見つめながら呟く。

「お祖父様の病は奇病だと診断されているが、治す方法は絶対にあるはずだ」

「ニャウン」

アニスが鳴くと、暗い表情をしていたルディウスが顔を上げる。

「おまえ、どこから入ってきたんだ？　猫嫌いのナディア側妃に見つかったら大変なことになる。早く逃げろ」

しかしアニスはルディウスの忠告を無視して足もとに駆け寄り、体をこすりつける。

「わかった、わかった。ここにいることは秘密にする。だから俺以外の人間に見つからないようにしろ」

ルディウスはくすりと笑ってアニスを抱き上げる。

シシィナは頭に流れ込んでくる一連の記憶を傍観していた。

(これはアニスの記憶かしら？　ルディウス様の容姿が少しだけ幼いわ)

シシィナが心の中で呟くと場面が切り替わる。次はどこかの庭で開かれたお茶会だった。会場は和気藹々《あいあい》として賑やかなのに、隅の方にいるルディウスの顔は暗い。

「意気消沈して、かれこれ三カ月が経ちますわ」

「王子という立場なのに、いつまでもあんな態度では周りも困るでしょうね」

出席していた貴族たちはルディウスに視線を向けながらひそひそ話をするだけで話しかけず、腫れ物扱いしている。それはルディウス本人にも伝わっているようで、腕組みしている手に力がこもっていた。

「あの、すみません殿下」

そんな中、ひとりの少女がルディウスに寄ってきて話しかける。それはストロベリーブロンドをハーフアップにし、かわいらしいフリルがついた水色のドレスをまとうシシィナだった。

「なんだ？　俺が陰気だと苦情を言いに来たのか？」

ルディウスが自嘲気味に笑いながら答えたら、シシィナは首を横に振って口を開く。

「違います。私は周りのことは気にしないでと伝えに来ました。だって、悲しい気持ちになるのはその人との思い出がたくさんあるからでしょう？　周りがなにを言おうとも殿下にとって大切な人だった。別れたくない人だった。悲しいなら悲しいままでいていいと思うんです。感情を感じきったら、いつかまた立ち直れますから」

そう言って、シシィナはくるりと背を向けて令嬢たちの輪の中に戻っていった。

自分の姿を見たシシィナは、この日のことを思い出した。

すっかり忘れていた記憶。数年前、宮殿で開かれたお茶会で憔悴しているルディウスを励ましたことがあった。あの頃はまだ父も存命で、宮殿内にも出入りしていた。悲嘆に暮れている彼が、母を亡くしたときの自分と重なった。だから声をかけて励ました。

シシィナが去った後、それまで暗かったルディウスの表情がわずかに明るくなる。

(私、ルディウス様とずいぶん前にお話ししていたのね)

アニスの記憶を見るに、次のお茶会でもシシィナはルディウスに話しかけて励ましていたようだ。

『じいさんが死んで落ち込んでいたのに、最近は元気になったようだな。あの子のおかげか？』

植物園の執務室で仕事をしているルディウスにアニスは話しかけた。この頃のルディウスはアニスの言うように元気になっていた。

「ああ。あの子、シシィナ嬢が励ましてくれたおかげだ」

アニスの問いに答えるルディウスの頰がほんのりと赤くなる。

（ルディウス様はアニスと意思疎通ができるのね。きっと契約を結んでいるからだわ）

シシィナがふたりのやり取りを見て心の中で感想を述べる。するとじーっとルディウスを見つめていたアニスが、にんまりと笑うように目を細めた。

『ルディはシシィが好きなのか？』

問われたルディウスは視線をさまよわせる。やがて白状したように答えた。

「そうだな。アニスの言う通りだ。だが俺は一国の王子で、常に命を狙われている。大切な人をそばに置いたらきっと傷つけてしまう。だから彼女の幸せを願い、安心して暮らしていけるような国をつくることに尽力する」

『ふうん？　よくわからない思考だが、ルディがいいならかまわない』

このときからすでにルディウスは、シシィナのことをひそかに想ってくれていたらしい。そのことに初めて気がついて、シシィナはなんだか胸が苦しくなった。

再び場面が切り替わる。今度は宮殿の執務室のようだ。

「アニス、大変だ。シシィナ嬢がクロストン伯爵にナイフで滅多刺しにされて死んでしまった！」

余裕のない表情をしたルディウスが現れる。

『むごい死に方だな。なんとも気の毒だ』

ルディウスは膝から崩れ落ちると、顔を手で覆う。

「彼女の幸せを願うだけではだめだった。なにもできなかった……」

嘆き悲しむルディウスを見たアニスが静かに言う。

『聖獣の私は九つの魂を持っている。それはすなわち、九回運命を変える力があるということだ。つまりある一定のところまで、人生をやり直せる。ルディの持つ魔力量なら問題なく九回力を行使できる』

「それならすぐに時を戻してくれ！」

話を聞いたルディウスは勢いよく顔から手を離し、アニスに近寄って懇願する。

『ただし聖獣の力には制約がつきまとう。ある一定のところまで時を戻す代わりに、契約者であるルディの記憶は奪うぞ。未来を知っているぶん、世の中に対して度を超えた干渉をさせるわけにはいかないからな』

「わかった。記憶をなくしたとしても、きっと感情が俺を突き動かしてくれるはずだ」

『それはあながち否定しないな。思い入れが強ければ強いほど心に残っているものだから。まあ、時を戻したら特性を使ったと伝えるつもりだ。あまり詳しい内容は話せないが。それから、今回はシシィの運命に着目して時を戻すから、彼女に副作用が働くだろう』

「副作用？」

ルディウスが目を瞬きしながら首をかしげる。

それはシシィナにとっても知りたい内容だった。

アニスは優雅に尻尾を揺らしながら説明する。

『ああ。それはナイルズと結婚して殺される因果律が補強されるということだ。補強されるだけで必然になるわけじゃないが、運命を変えようとするぶん抵抗は強くなる』

その話を聞いてシシィナは合点がいく。どうして手を尽くしても毎回ナイルズと結婚して殺されてしまうのか。これはアニスの特性からくる副作用だったようだ。

ルディウスはしばらく黙考して、決心したように口を開いた。

「副作用があったとしても、残酷な運命にある彼女を救ってみせる。そのために俺は命を投げ打ってもかまわない」

『覚悟はできているんだな。――いいだろう。すべての回数を使ってでも、シシィの行く道筋を光で照らし、幸せなものに変えてやれ』

その後、二度目から八度目の人生でルディウスがどう行動していたのかを、アニスの記憶を通じて知った。どの人生でも、シシィナをナイルズから救おうとルディウスは陰で奮闘してくれていた。表で接触する回数は少なかったが、いつだって遠くからシシィナを見守ってくれていたのだ。

アニスから流れ込んできた記憶を見終えたシシィナは、頬にこぼれ落ちた涙を拭う。

「ルディウス様はがんばってくれていたのね。ずっとループしていたのはそのためで、陰で支えてくれていて……私、ちっとも知らなかった」

「ニャウン」

いつの間にかアニスはもとの猫の姿に戻っている。

アニスはいつも死ぬ直前に現れ、人生がループした日にも訪ねてくれていた。

「アニスは私がループするたびにそのことを知らせに来てくれていたのね。私、今度こそ生きられるわ。本当にありがとう」

お礼を言うと、アニスは『どういたしまして』というふうに尻尾を揺らした。

それからなにかを訴えるように鳴くので、シシィナは心得顔で言った。

「今まで見た内容はルディウス様には言わないわ。それがあなたの制約だから。こっそり秘密を教えてくれてありがとう」

「ミャウ」

アニスが元気よく返事をしたところで、ルディウスが呻きながら身じろぎ始めた。

長いまつげに縁取られた瞼がゆっくり開かれる。

「ルディウス様、おはようございます。あ、今はまだ夜なんですけど」

挨拶をするとルディウスが勢いよく起き上がり、シシィナの腕を掴んで強く抱きしめてくる。

「シシィ！　ああ、あなたを失う夢を見ていたんだ。あれが夢で本当によかった」

小さく震えるルディウスの背中にシシィナはそっと手を添える。

「私はここにいます。だって呪毒問題も、ナイルズ様の件も無事に解決しましたから」

すべては決着がつき、シシィナは新しい運命を切り拓くことができた。もう過酷な運命の輪からシシィナははずれている。

（それもこれも、すべてルディウス様が私のために動いてくださったおかげです）

シシィナは、ルディウスが自分のことを大切に想ってくれているのを全身で感じ取っていた。

ルディウスがゆっくりとシシィナから離れて、優しく両手を握ってくれる。

「シシィ、これまでもこれからも一緒に生きたいのはあなただけだ。どうか俺と――結婚してくれないだろうか」

真剣な面持ちのルディウスはシシィナに求婚した。

潤みを帯びていたシシィナの瞳からまた涙がこぼれ落ちる。

シシィナはルディウスの手を握り返し、彼の端整な顔を見つめた。

「私も同じです。これからもそばにいさせてください。隣にいても恥ずかしくないよう努力しますから」

承諾の返事をすると、ルディウスの真剣だった表情が崩れ、破顔する。

「シシィ以外に一生を添い遂げたい人は、この世界のどこを探してもいない」

美しいすみれ色の瞳に見つめられて目が逸らせない。

やがてルディウスの顔が近づいてきたので、シシィナはゆっくりと目を閉じる。

自身の唇とルディウスの温かくてやわらかな唇が重なり、シシィナの心は幸せで満たされた。

◇エピローグ

ナイルズをはじめとして、呪毒に関わっていた罪でハンナ夫人とセシリアも厳罰に処された。

ナイルズは呪毒を作りばらまいていた罪とシシィナを誘拐して監禁した罪により、爵位の剥奪に加え財産を没収された。彼の残虐性を危険因子とみなした裁判官は、終身刑の判決を下した。

ハンナ夫人とセシリアのふたりは、呪毒を入手した罪とエドモンドの殺人未遂罪により、流刑地で一生を労働者として過ごすことが決定した。

こうしてすべてに決着がついたシシィナはというと——。

「シシィ、財務部へ持っていく決裁書はどこにある？」

「私が持っています。ちょうど確認が終わりました」

てきぱきとルディウスの仕事の補佐を行っていた。

奇病だと思っていたエドモンドから呪毒を取り除いた後、シシィナはハンナ夫人とセシリアに協力していた屋敷の使用人を全員解雇して新しい使用人を雇った。クロエをこれまでの実績と信頼から侍女長に昇格させ、屋敷の管理を手伝ってもらっている。

快復したエドモンドが公爵になることを見すえ、側近としてふさわしい人材も登用した。それに伴い、シシィナも経営学や政治学を学び始めた。

おかげで習得した知識を活かして、ルディウスの政務の手伝いに少しずつ携われるようになった。

シシィナは確認が終わった決裁書を手渡しながら、ふとある疑問を口にする。

「そういえば、ずっと気になっていたんですが……初めて庭園で出会ったあの日、ルディウス様はなぜ黒装束の格好をして身を隠していたんですか？」

実のところずっとそのわけが知りたかったシシィナは、今なら聞いても大丈夫な気がして尋ねてみる。

ルディウスは決裁書に捺印し、顔を上げて答える。

「詳しく話せなくて悪かった。実はあのとき、呪毒の首謀者が王族に通ずるものだというアタリがついていた。だから俺が陰で調べているとバレるわけにはいかなかったんだ」

「ですが、宮殿内なら黒装束にならなくても自由に動けるのではないでしょうか？」

腑に落ちないシシィナはさらにルディウスに疑問を呈する。

ルディウスは当時のことを思い出しているのか、どこか遠くを見るような視線を天井に向ける。それから悔しげに唇を噛みしめた。

「ちょうど、あの頃は呪毒に侵されたと思われる小動物が宮殿の庭園で立て続けに発見された。特効薬生成のため、呪毒を受けた小動物からなにか手がかりが掴めないか調べる必要があったんだ」

ルディウスは一旦言葉を切ると小さく息を吐き、再び口を開く。

「とはいえ、俺や俺の周囲が大胆な行動を取れば相手に勘づかれて妨害される可能性がある。呪毒をさらにばらまかれるかもしれない。被害の拡大を防ぐためにも、王族に関係する者が一堂に会する宮殿舞踏会の日は好都合だった」

「なるほど、だから正体がバレないように黒装束の格好で行動していたのですね。教えてくださりありがとうございます。謎が解けてすっきりしました」

合点がいったシシィナはお礼を言い、捺印が終わったばかりの決裁書をルディウスから返してもらう。

「では、私はこれを財務部へ持っていきますね」

「いや、サイラスに持っていかせる。それより明日の準備は大丈夫なのか？」

いつも通り仕事をこなすシシィナに、ルディウスが苦笑交じりに尋ねてくる。

それもそのはずで、明日はふたりの晴れの舞台、結婚式だ。

「もちろんです。結婚式の準備も補佐の仕事も両立できるように調整しましたから」

「がんばってくれているのは知っているが、あまり無理はしないでくれ」

ルディウスは椅子から立ち上がるとシシィナに近づいた。シシィナの頭の上に手をぽんと置き、ストロベリーブロンドの髪を優しく梳く。次に髪を一房掴むと、シシィナをじっと見つめながらキスを落とした。

「ル、ルディウス様……」

ルディウスの色気にあてられたシシィナは、顔を真っ赤にして逃れようとする。しかしルディウスの腕を腰に回されて引き寄せられたシシィナは、手にしていた書類を取り上げられる。それらは彼の魔法で浮遊し、机の上に着地した。

甘やかな表情のルディウスは、シシィナの手を掬い取り指先にキスの雨を降らす。薄くてやわらかな唇が指先に触れただけなのに、シシィナは体に流れているすべての血が沸騰しそうなくらい熱くなった。恥ずかしくなって、顔を背ける。

「シシィ、こっちを向いて」

優しい声で懇願されたシシィナは、ゆっくりとルディウスを見る。

たちまち、とろけるような美しいすみれ色の瞳に捕らわれる。あっと心の中で呟いたときには、ルディウスの顔が近づいてきていた。

チュッと音を立てるようにシシィナの耳たぶにルディウスのキスが落ちる。唇で優しく食《は》まれ、最後にカリッと歯を立てられる。

甘く熱い吐息が耳たぶに触れ、シシィナは目の前がくらりとした。

これ以上は心臓がもたない。

そう判断したシシィナが言葉を詰まらせながら口を開く。

「あ、ああ、あの、ルディウス様……」

「シシィ」

色気のある声で名前を呼ばれて、ルディウスと視線が合う。

目を閉じるよう促され、シシィナはおもむろに瞼を閉じた。そして――。

「ふたりとも、仕事中にイチャつくのはやめていただけますか？」

「きゃあっ！　サ、サイラス様！」

瞼を開けると、大きな丸眼鏡の奥を半眼にしたサイラスが間近に立っていた。

シシィナは悲鳴をあげ、両頬に手を添えてルディウスから離れる。

「サイラス、水を差さないでくれないか？」

「仕事が終わればいくらでも時間はあるでしょう。というか、明日になれば夫婦なんですから少しは我慢してください！」

口もとをゆがめるサイラスは腰に手をあてて小言を言う。しかし、すぐに表情を緩めてにっこりと笑った。

「おふたりとも、本当におめでとうございます。末永くお幸せに」

シシィナとルディウスは祝福の言葉を受けて笑顔になり、サイラスに向かって力強くうなずいた。

ステンドグラスから神秘的な光が降り注ぐ中、純白のドレス姿のシシィナと純白のタキシード姿のルディウスは大聖堂の祭壇の前に立っていた。

うしろの会衆席には国王夫妻にエドモンド、シャルマ侯爵夫妻が最前列に座っている。そのうしろにはサイラスやクロエ、そして植物園の職員といった親しい面々が一堂に会していた。

こぢんまりとした結婚式を挙げることはふたりのたっての希望だった。

大司教が神に祈りを捧げた後、結婚の誓いに同意するかをルディウスに問う。

シシィナがルディウスの返事を聞いていたら、不意に目端でなにかが動いた。気になって見てみると、祭壇の隅の方にアニスが凜として佇んでいる。

アニスと言葉が通じないシシィナだったが、彼の表情からお祝いしてくれているのが見て取れる。

「新婦、シシィナ・モンクレイフ。あなたは病めるときも健やかなるときも、愛をもって支え合うことを誓いますか？」

尋ねられたシシィナは大司教の方に向き直る。

（これからもずっとルディウス様の隣にいたい。そのために必要な努力をしていくわ）

心の中で決心したシシィナは、柔和に微笑んで口を開く。

「はい、誓います」

返事が終わり、シシィナとルディウスは皆に祝福される中でお互いの存在を確かめるようにキスをした。

後に、ルディウス国王を支えた王妃・シシィナは、人一倍努力家であり聡明であると歴史に記されるのだった。

END

あとがき

はじめまして。小蔦あおいと申します。

このたびは本作をお手に取っていただきありがとうございます。

自らの手で人生を切り拓こうとがんばるシシィナと、彼女を悲惨な運命から救おうと陰で奔走する不器用なルディウスのお話はお楽しみいただけたでしょうか。

以前から〝猫には九つの命がある〟ということわざをもとにお話を書きたいと思っていて、ループものと合わせればおもしろくなるのでは？とひらめき、この物語が生まれました。

私は逆境に負けないヒロインが好きです。そのせいでシシィナには家庭内の問題に始まり、恐ろしい結婚相手など絶望する要素をたくさん入れてしまいました。

最初は気弱だったシシィナですがいろんな人と交流していくうちに自信をつけ、最後は恐ろしくてたまらなかった相手に立ち向かっていけるくらい強い子になってくれました。

ルディウスはクールなキャラで前世の記憶がないという設定だったため、書くのがちょっぴり難しかったです。

そして突然の告白になりますが、私がヤンデレを書くと大体の確率でヒーロー向きではないキャラが生まれてしまいます。なので本作では弱みを強みに変えるべく、強烈な悪役としてヤンデレキャラを登場させました。

もしナイルズを気持ち悪い、最低なクズだと思ってくださった方がいらっしゃいましたら私は非常にうれしいです。（笑）

今回表紙イラストを担当してくださったのはザネリ先生です。守ってあげたくなるようなシシィナが可愛いですし、ルディウスも美形に仕上げていただきました。アニスの首もとには作中にも出てきたビーズ織りが添えられています！　とっても素敵な表紙に仕上げてくださりありがとうございます。

刊行に携わってくださった皆様のお陰で素敵な作品を作ることができました。本当にありがとうございます。

なにより、本作をお読みくださった読者の皆様には深くお礼申し上げます。

本当に本当にありがとうございました。

小蔦あおい

小蔦あおい先生への
ファンレターのあて先

〒104-0031
東京都中央区京橋1-3-1
八重洲口大栄ビル7F
スターツ出版株式会社　書籍編集部　気付

小蔦あおい先生

本書へのご意見をお聞かせください

お買い上げいただき、ありがとうございます。
今後の編集の参考にさせていただきますので、
アンケートにお答えいただければ幸いです。

下記URLまたは二次元コードから
アンケートページへお入りください。
https://www.berrys-cafe.jp/static/etc/bb

虐げられ令嬢が死亡フラグ回避しようとしたら冷徹王太子の最愛花嫁になりました
〜ループは溺愛の証でした〜

2024年3月10日　初版第1刷発行

著　者　小蔦あおい
©Aoi Koduta 2024

発行人　菊地修一

デザイン　カバー　ナルティス
フォーマット　hive & co.,ltd.

校　正　株式会社文字工房燦光

発行所　スターツ出版株式会社
〒104-0031
東京都中央区京橋1-3-1　八重洲口大栄ビル7F
TEL　03-6202-0386（出版マーケティンググループ）
TEL　050-5538-5679（書店様向けご注文専用ダイヤル）
URL　https://starts-pub.jp/

印刷所　大日本印刷株式会社

Printed in Japan

乱丁・落丁などの不良品はお取替えいたします。
上記出版マーケティンググループまでお問い合わせください。
定価はカバーに記載されています。

ISBN 978-4-8137-1557-3　C0193

ベリーズ文庫 2024年3月発売

『一途な救命救急医の溢れる恋情で娶られて―この最愛からは逃げられない【ドクターヘリシリーズ】』 佐倉《さくら》伊織《いおり》・著

密かに想い続けていた幼なじみの海里と偶然再会した京香。フライトドクターになっていた海里は、ストーカーに悩む京香に偽装結婚を提案し、なかば強引に囲い込む。訳あって距離を置いていたのに、彼の甘い言葉と触れ合いに陥落寸前! 「お前は一生俺のものだ」――止めどない溺愛で心も体も溶かされて…。

ISBN 978-4-8137-1552-8／定価748円（本体680円＋税10%）

『クールな海上自衛官は想い続けた政略妻へ激愛を放つ』 にしのムラサキ・著

継母や妹に虐げられ生きてきた海雪は、ある日見合いが決まったと告げられる。相手であるエリート海上自衛官・柊梧は海雪の存在を認めてくれ、政略妻だとしても彼を支えていこうと決意。生涯愛されるわけないと思っていたのに、「君だけが俺の唯一だ」と柊梧の秘めた激愛がとうとう限界突破して…!?

ISBN 978-4-8137-1553-5／定価748円（本体680円＋税10%）

『天才パイロットは契約妻を溺愛包囲して甘く満たす』 宝月《ほうづき》なごみ・著

空港で働く紗弓は、ストーカー化した元恋人に襲われかけたところを若き天才パイロット・嵐に助けられる。身の危険を感じる紗弓に嵐が提案したのは、まさかの契約結婚で…!? 「守りたいんだ、きみのこと」――結婚生活は予想外に甘くて翻弄されっぱなし！ 独占欲を露わにした彼に容赦なく溺愛されて…。

ISBN 978-4-8137-1554-2／定価748円（本体680円＋税10%）

『気高き敏腕CEOは薄幸秘書を滾る熱情で愛妻にする』 吉澤《よしざわ》紗矢《さや》・著

OLの咲良はバーでCEOの颯斗と出会い一夜をともに。思い出にしようと思っていたらある日颯斗と再会！ ある理由から職探しをしていた咲良は、彼から秘書兼契約妻にならないかと提案されて!? 愛なき結婚のはずが、独占欲を露わにしてくる颯斗。彼からの甘美な溺愛に、咲良は身も心も絆されて…。

ISBN 978-4-8137-1555-9／定価737円（本体670円＋税10%）

『クールな脳外科医と溺愛まみれの契約婚～3年越しの一途な愛で陥落させられました～』 和泉《いずみ》あや・著

経営不振だった勤め先から突然解雇された菜子。友人の紹介で高級マンションのコンシェルジュとして働くことに。すると、マンションの住人である脳外科医・真城から1年間の契約結婚を依頼されて…!? じつは以前、別の場所で出会っていたふたり。甘い新婚生活で、彼の一途な深い愛を思い知らされて…。

ISBN 978-4-8137-1556-6／定価748円（本体680円＋税10%）

ベリーズ文庫 2024年3月発売

『虐げられ令嬢が死亡フラグ回避しようとしたら冷徹王太子の最愛花嫁になりました～ループは溺愛の証でした～』 小《こ》蔦《づた》あおい・著

公爵令嬢・シシィはある男に殺され続けて9回目。死亡フラグ回避するため、今世では逃亡資金をこっそり稼ぐことに！　しかし働き先はシシィのことを毛嫌いする王太子・ルディウスのお手伝い。気まずいシシィだったが、ひょんなことから彼の溺愛猛攻が開始!?　甘すぎる彼の態度にドキドキが止まらなくて…！

ISBN 978-4-8137-1557-3／定価759円（本体690円＋税10%）

ベリーズ文庫 2024年4月発売予定

Now Printing

『タイトル未定(パイロット×再会愛)【ドクターヘリシリーズ】』 佐倉《さくら》伊織《いおり》・著

ドクターヘリの運行管理士として働く真白。そこへ、2年前に真白から別れを告げた元恋人・篤人がパイロットとして着任。彼の幸せのために身を引いたのに、真白が独り身と知った篤人は甘く強引に距離を縮めてくる。「全部忘れて、俺だけ見てろ」空白の時間を取り戻すような溺愛猛攻に彼への想いを隠し切れず…。

ISBN 978-4-8137-1565-8／予価660円（本体600円＋税10%）

Now Printing

『エリート脳外科医が心酔する、三十日間の愛され妻』 葉月《はづき》りゅう・著

OLの天乃は長年エリート外科医・夏生に片思い中。ある日余命1年半の病が発覚した天乃は残された時間は夏生のそばにいたいと、結婚攻撃に困っていた彼の偽装婚約者となる。それなのに溺愛たっぷりな夏生。そんな時病気のことがばれてしまい…。「君の未来は俺が作ってやる」夏生の純愛が奇跡を起こす…!

ISBN 978-4-8137-1566-5／予価748円（本体680円＋税10%）

Now Printing

『初恋婚』 高田《たかだ》ちさき・著

社長令嬢だった柚花は、父親亡き後叔父の策略にはまり、貧しい暮らしをしていた。ある日叔父から強制された見合いに行くと、現れたのはかつての恋人・公士。しかも、彼は大会社の御曹司になっていて⁉　身を引いたはずが、一途な愛に絆されて…。「俺が欲しいのは君だけだ」――溺愛溢れる立場逆転ラブ!

ISBN 978-4-8137-1567-2／予価748円（本体680円＋税10%）

Now Printing

『タイトル未定(御曹司×政略結婚)』 紅《くれない》カオル・著

父と愛人の間の子である明花は、継母と異母姉に冷遇されて育った。ある時、父の工務店を立て直すため政略結婚することに。相手は冷酷と噂される大企業の御曹司・貴俊。緊張していたが、新婚生活での彼は予想に反して甘く優しい。異母姉はふたりを引き裂こうと画策するが、貴俊は一途な愛で明花を守り抜き…。

ISBN 978-4-8137-1568-9／予価660円（本体600円＋税10%）

Now Printing

『堅物副社長は甘え下手な秘書を逃がさない』 蓮美《はすみ》ちま・著

副社長秘書の凛は1週間前に振られたばかり。しかも元恋人は後輩と授かり婚をするという。浮気と結婚を同時に知り呆然とする凛。すると副社長の亮介はなぜか突然契約結婚の提案をしてきて…⁉　「絶対に逃がしたくない」――亮介の甘い溺愛に翻弄される凛。恋情秘めた彼の独占欲に抗うことはできなくて…。

ISBN 978-4-8137-1569-6／予価748円（本体680円＋税10%）

タイトル、価格等は変更になることがございますのでご了承ください。

ベリーズ文庫 2024年4月発売予定

Now Printing

『再会した警察官僚に溺甘保護されています』 鈴《すず》ゆりこ・著

OLの千晶は父の仕事の関係で顔なじみであったエリート警察官僚の英介と2年ぶりに再会する。高校生の頃から密かに憧れていた彼と、とある事情から同居することになって!? クールなはずの彼の熱い眼差しに心乱されていく千晶。「俺に必要なのは君だけだ」抑えていた英介の溺愛が限界突破して…！

ISBN 978-4-8137-1570-2／予価748円（本体680円＋税10%）

Now Printing

『ちびドラゴンのママになったので、竜騎士さまとはよろしくできません』 晴《はる》日《ひ》青《あお》・著

捨てられた令嬢のエレオノールはドラゴンの卵を大切に育てていた。ある日竜騎士・ジークハルトに出会い卵が孵化！ しかも子どもドラゴンのお世話役に任命されて!? 最悪な印象だったはずなのに、「俺がお前の居場所になってやる」と予想外に甘く接してくる彼にエレオノールはやがてほだされていき…。

ISBN 978-4-8137-1571-9／予価748円（本体680円＋税10%）

タイトル、価格等は変更になることがございますのでご了承ください。